再生

[日] 石田衣良 著

纪鑫 译

青岛出版社
QINGDAO PUBLISHING HOUSE

图书在版编目（CIP）数据

再生 /（日）石田衣良著；纪鑫译. — 青岛：青岛出版社，2021.2
ISBN 978-7-5552-9628-7

Ⅰ.①再…　Ⅱ.①石…　②纪…　Ⅲ.①短篇小说-小说集-日本-现代
Ⅳ.① I313.45

中国版本图书馆 CIP 数据核字（2020）第 211970 号

SAISEI
©Ira Ishida 2009
First published in Japan in 2009 by KADOKAWA CORPORATION, Tokyo.
Simplified Chinese translation rights arranged with KADOKAWA CORPORATION, Tokyo through Hanhe International(HK) Co., Ltd.
山东省版权局著作权合同登记号 图字：15-2017-127 号

书　　　名	再　生
著　　　者	（日）石田衣良
译　　　者	纪　鑫
出版发行	青岛出版社
社　　　址	青岛市海尔路 182 号（266061）
本社网址	http://www.qdpub.com
邮购电话	（0532）68068091
策　　　划	杨成舜
责任编辑	刘　迅
封面设计	小　乔
封面插图	绿竹青青
照　　　排	青岛新华出版照排有限公司
印　　　刷	青岛双星华信印刷有限公司
出版日期	2021 年 2 月第 1 版　2021 年 2 月第 1 次印刷
开　　　本	大 32 开（880mm×1230mm）
印　　　张	7
字　　　数	130 千字
印　　　数	1-8000
书　　　号	ISBN 978-7-5552-9628-7
定　　　价	35.00 元

编校印装质量、盗版监督服务电话　4006532017　0532-68068638
本书建议陈列类别：外国文学　畅销　小说

　再生

目 录

再　生 / 1

玻璃眼 / 23

新　生 / 41

东京地理考试 / 57

蜜蜂嗡鸣 / 73

蔷薇门 / 90

开始工作 / 106

四月送别会 / 120

海边人 / 135

第一次约会 / 152

生　火 / 170

出　发 / 189

后　记 / 214

再 生

耳边传来雨声。

雨声中掺杂着尖利的金属音,如同数不清的钢针从天而降。这是个十二月的早晨,冰冷的雨水里想必还夹带着雪片。古村康彦将目光投向床边的闹钟,六点五十分,距闹铃震响还有十分钟。又开始了灰色的一天。按下还没响的闹铃开关,康彦下了床。

3LDK[①]布局的公寓还挺新。当时计划要两个孩子,所以才选定这间有多个小房间的公寓。不过现在已经没有这种可能了。康彦走出卧室,来到昏暗的走廊上,斜对面较小的卧室是耕太的房间。康彦开门招呼道:

"早啊!天亮啦,耕太。"

没回音。康彦走进儿子的房间。天花板上吊着耕太在幼儿园手工课上用图画纸做的鱼,蓝色图画纸上稀稀拉拉地贴着用手撕出来的银色鳞片。

"喂,耕太!"

康彦想俯身把手搭到儿子肩上。孩子软软的头发乱蓬蓬的。

---

① 3LDK:三居室另加客厅、餐厅、厨房的房间布局。

看到他的侧脸,康彦愣住了。儿子脸上有道像是抹了灰的白色泪痕从眼角流向耳畔,这孩子心里肯定也不好受。

康彦深吸一口气,缩回伸出的手。还有时间,让他再睡会儿吧。康彦忍住叹息声,去信箱那边拿报纸。今早的报纸上又会登满世间的坏消息吧。人这种生物并不满意光自己不幸,还相当期待别人不幸吧!

看过儿子的睡相后,康彦做早饭时格外用心。在打好领带的白衬衣外面系上梨枝子留下的围裙,早餐准备了煎得酥脆的培根和章鱼香肠,以及用苏格兰蛋跟酸奶凉拌的草莓苹果混合水果沙拉,主食是很有嚼头的全麦粉英式面包。耕太揉着眼睛走进客厅。

"马上就好,桌边坐下吧!"

"嗯。"

耕太这孩子的应答声总是弱弱的。康彦在桌上摆好盘子。

"来,吃吧!"

康彦在对半切开的烤面包片上加上鸡蛋和培根,顺手将挤出的番茄酱描成心形,放到印有"玩具总动员"图案的盘子上。自己边看报纸边将香肠扔进嘴里,烤得火候很足的香肠皮咬下去"喀吧"一声爆裂开来。

小学发生霸凌自杀事件,新闻主持人搞婚外恋遭封杀,中东恐怖爆炸袭击。看完这几条屡见不鲜的新闻,康彦抬起头。耕太没伸手拿面包。他脸色有些苍白,肌肤白净这点像他妈妈。

"怎么啦?不吃了?"

六岁男孩没精打采地摇摇头:

"想吃妈妈做的饭团。"

康彦无话可答。妈妈不在,此时此刻她已经不在这人世间了。差点就把这话说出口,康彦勉强挤出个笑脸说:

"知道啦,爸爸给你做。"

冰箱里有剩米饭。梨枝子嫌麻烦不爱做早饭的时候,就把剩米饭解冻,再撕碎梅干塞进去,做成简易饭团。前一天晚上剩下的酱汤配一个饭团,这就是古村家幸福时期的早餐。

特意做的饭团,耕太也只吃了一半。即便这样,康彦也没责备他什么。这孩子性格也像他妈妈,情绪一旦低落下来,一时半会儿缓不过来。尽管每次都能紧踩着点儿跑进幼儿园勉强不迟到,可耕太在路上的磨蹭实在让康彦受不了。他也有工作。只有父子俩的日子,一直这样过下去的确成问题。

康彦怕儿子着凉,在玄关将围巾紧紧缠在耕太脖子上,又给他穿上透明雨衣。雨衣上姓名栏里用油性笔写着独生子的名字,是写得一手好字的梨枝子的笔迹。康彦胸口针扎般难受,强忍住心里的烦乱。

"走吧!"

耕太脸上刷地一亮,说道:

"忘啦!去跟妈妈说一声要出门啦!"

耕太跑进走廊,雨衣下摆翻飞起来。接着听到两只小手拍在一起的声音从另一间为孩子准备的屋里传出来,这间屋已没有再用的打算了。这里供着梨枝子的骨灰罐及佛龛。尽管已过去两年,康彦仍放不下妻子的骨灰。耕太快活的声音传了过来:

"妈妈,出门啦!"

康彦实在忍不住了,在门口压低声音呜咽起来,梨枝子死后重复了不下几万次的那句话又在心里嘶叫起来:

"为什么要撇下我和耕太自尽啊?"

康彦只落下一滴泪就止住了。流泪也好,止住流泪也罢,这两年都习以为常了。他听见耕太的脚步声。这个时间肯定会在大门口跟公寓管理员打上照面。

康彦戴上一直用来应付这种情况的太阳镜,拉起耕太的手——孩子的手冰凉。走出仅住着父子俩的房子,为十二月的门上了锁。

康彦在一家大型人寿保险公司上班已有十几年了。大学毕业后直接入职,对外面的世界几乎一无所知,连他自己都觉得人生平凡且乏味。跟大学时代同一圈子的朋友梨枝子结婚是在二十七岁那年。

两年后耕太出生,同一时期买上公寓。康彦供职的公司在鼓励员工结婚、购房方面态度很积极,对配偶的补贴、购房贷款等方面都有制度上的保障。生活固然平淡,但至少也就这样波澜不惊地终老一生了。可能的话,他想再要个女儿。工作固然卖力,却也没有多强烈的出人头地的奢望,只求作为平均水平的上班族度过平均水平的一生便心满意足。

这个美梦彻底破灭了。

梨枝子自学生时代起似乎就与周围环境格格不入。不管发生什么,她都超然事外。可能是她世间唯我独醒的表情与特有的冷峻引起了自认为平庸的康彦的兴趣。两人都爱看书,所以偶尔会互换推荐的书看。

康彦从梨枝子那里借来的书,都带有敏锐的知性,多为被什么深深伤害过的作家的小说,而且几乎全是以破灭为最终结局的文学性较高的作品。康彦常感到不可思议,作家们为什么要将如此悲惨的经历强加给读者,自己却躲在安全屋里呢?写作岂不成了防护盾?而阅读这些作品的读者基本上都没有能保护自己的东西。也许在十几岁多愁善感的时期,看这种将精神毒品百分之百地结晶化的书非常危险。反观康彦选的书,十有八九是有着明确故事脉络的读物。

至于感想,两人聊得更多的是各自的精神世界而非书本本身。梨枝子说,真羡慕康彦内心的平和。康彦则认为梨枝子独特的敏锐及纯真充满魅力。现在看来不难理解,两人都在寻找自身严重欠缺的东西。没有什么能比在对方身上发现自己体内不存在的特质更具吸引力了。男女之间心灵的结合不都是以这种形式建立起来的吗?

康彦在市营巴士的后排座椅上被颠得摇来晃去。将耕太送进幼儿园后搭乘的巴士并不太挤。因为下雨,车窗模糊一片。就算是冬天的早晨,车内暖气开得也实在太足,闷得人喘不动气。水滴使模糊的车窗像一面能够映照出一切的魔镜。康彦在这面镜子里看到了本不愿再想起的景物。

两年前的十二月,一个大晴天,康彦接到幼儿园老师打来的电话时已过了下午五点半,电话里说梨枝子没去接耕太。康彦慌忙拨打她的手机,结果手机已设置成语音留言模式,无人应答。康彦说家有急事向上司请假,自己跑去了幼儿园。晚霞退散后的天空清澈透明且带有些许凄凉寂寥的色彩。时至今日,一闭上眼,当时那色彩仍会随时复苏。康彦气不打一处来。年底正是最忙碌的时候,梨枝子到底要搞什么名堂! 即使她说自己有抑郁症,他的忍耐也是有限度的。就像他在公司有事要做一样,梨枝子身为妻子,当然也担负着不可马虎对待的职责。

康彦在幼儿园向保育员连声道歉,像夺下什么似的拉起耕太的手跑回家里。这个时间本打算在家里吃完晚饭再回趟公司。康彦拧开公寓门锁,在玄关高喊:

"我们回来啦! 梨枝子,怎么啦?"

大概又因为服下大剂量抗抑郁药物倒在沙发上了吧。病情严重时,她经常会这样躺上一整天。还算新的沙发上没人。他环顾客厅一周,检查厨房,又到卧室找。在这个过程中,康彦的心开始异样地缓缓跳动起来。家里全都找遍,剩下的地方只有浴室了。这个时间很难想象她会在洗澡,姑且看看吧。耕太从康彦身后追了过来。

"爸爸,我饿啦!"

"知道了,妈妈也真是,今晚吃点什么呢?"

康彦心不在焉地应了一声,又在盥洗室叫道:

"梨枝子,怎么啦?在吗?"

康彦将手搭在组装式浴室的半透明亚克力门的把手上,门把手还有一点余温。康彦心里一阵刺痛,有什么非常可怕的东西就等在面前!心脏甚至像是不愿为身体供血了,管他前方有什么,不想知道也不想去看。腿脚虽已瘫软,头脑却异常冷静。

"耕太,可以先吃些点心。去厨房,找点巧克力什么的,吃什么都行!"

"真的?还是爸爸好啊!"

耕太跑过走廊。康彦慢慢推开浴室门,浴室里并不怎么宽敞。染得通红的浴盆里,梨枝子的脸半浸在水中,身上穿着她最喜欢的连衣裙。裙子上的鲜花图案在被血染红的水中展开呈透明状。甚至用不着去试探她的脉搏,并非专家的康彦就可以当场得出结论,毫无疑问,人已死亡。

"梨枝子……"康彦喃喃道。

他将手贴到她的脖颈上,还有点热乎气,是因为浴盆里的热水吧。大动脉上已丝毫摸不到脉动了。康彦木然呆立着摸出手机。这种时候该打给警局还是医院?康彦还记得当时这样想过。

客厅那边传来傍晚动画节目欢快的主题曲。绝对不能让耕太看到这一幕。此后，康彦成了守护耕太的专用机器。

最终断定死因是失血过多。康彦按下停车按钮苦苦思索。为什么梨枝子那么害怕死不成？

几天后，警察不无遗憾地前来告知："您太太喝光一瓶红葡萄酒，服下超过致死用量的安眠药和抗抑郁药物，又在坐进浴盆里割破两只手腕。意识也模糊了，应该几乎感觉不到疼痛了吧。"

"是吗？太谢谢啦。"除了鞠躬致谢，康彦无话可说。康彦并不讨厌红葡萄酒，但从那天起，他再没喝过一口红葡萄酒，总觉得像要喝那浴盆里的水。

康彦下了巴士，下车地点是县厅市政府所在的大街。还是撑起伞混入人群中更让人安心，至少自己极为残酷的经历被深蓝色的西装隐藏了起来。走在宽阔的步行道上，没人知道自己是个妻子自尽而亡的男人。

当然，到公司后，一切又另当别论了。

那天傍晚，要为新来的外派职员开欢迎会。部里还有个要决定下阶段营业目标的重要会议，不过康彦没出席。康彦是C级职员。虽说保险公司在全国范围内进行人员调动很正常，但康彦一想到要把耕太这个独生子抚养成人，才发现要调离父母家所在的这个地方城市已经很难了。

公司用人事调动自由度将职员分为三个档次,取了个动听的名字,叫"调动自由裁量制度"。A级是服从公司命令可以派往任何地区的职员;B级是在某个限定地域内可任意调动的职员;C级就是无法离开某一地区,不可调动的职员,多是要照顾年迈的父母、残疾的子女,还有像康彦这样与年幼的孩子两人一起生活的人。C级职员的家里都存在各种各样的家庭问题。

当然,不能调动也就意味着没了晋升空间,充其量提至部长助理就到顶了。应该算是公司有心照顾吧,C级职员的加班时间也有限制。因此康彦不用参加超出规定时间很多的营业会议,于是他早早来到小酒馆,跟女职员及外派来的职员一起等欢迎会开始。偌大的单间里,半数以上的座位还空着,桌上摆放着空锅和倒扣的杯子。

"耕太情况怎样?"

同属C级职员的山中秀美过来打招呼。山中是个与行动不便的母亲一起生活的中年男子,他被女职员们尖刻地称为"有恋母情结的秃头"。

"孩子嘛,怎么说精神头也还好。倒是山中先生那边,令堂大人怎样啊?"

"唉,这天气又湿又冷嘛!好像还是膝盖疼。"

山中的母亲靠轮椅生活。跟这人聊天时从不谈工作,历来都是相互询问一下各自家人的近况后很快就没话可聊了。外派来的石见香澄抚弄着烫成大波浪螺旋卷的发梢说:

"古村先生怎么在这里？还以为今天大家都开会呢。"

香澄刚来公司,看来完全不了解情况。山中像在打圆场似的说:

"古村君情况特殊,不能调动。"

香澄向上一翻眼珠看着康彦:

"感觉古村先生很神秘啊！听说离婚带个小男孩,两人过日子？"

虽说无时无刻不控制着感情,可还是这样被人看了个透啊！此前,康彦自己并没意识到这些。

"喝酒前问这些事可能有点失礼,古村先生因为什么跟您太太分手的啊？"

康彦微微一笑,在心里自问:"梨枝子为什么要一个人去那边啊？"

山中慌忙接过话头:

"算啦,过去的事不提也罢！弄得古村君没心情开欢迎会啦！"

"噢,抱歉来晚啦！"

部长扬着一只手走进房间。至少这样就不必搭理香澄了。康彦自己在眼前的杯子里倒进已变得温暾的啤酒。

那天晚上康彦喝了不少,好久没这样无所顾忌地喝酒了。康彦托住在附近的梨枝子的母亲去接耕太。岳母哄睡耕太,趁康彦还没回来，又悄悄准备好了第二天的早餐才回去的。这样康彦就可以比平时多睡三十分钟懒觉，不必那么紧张了。

康彦到家后，先进耕太的卧室看了看，将鸭绒被重新给他盖到肩头。漫长的一天过去了，回头想想，却是跟往常一模一样的一天。但如此这般的每一天是何等费心劳神啊！康彦面无表情。

简单冲完澡回到客厅，看着调成静音的深夜电视节目，开了一捆易拉罐啤酒。梨枝子去世后，康彦感觉没什么比自斟自饮更舒心了。

梨枝子的手机放在厨房灶台角落里，手机里保存着大量的来往信息，所以康彦一直不舍得去办解约销号。梨枝子的朋友们打来电话或发来信息多是那天后的三个月内，最近几乎什么联系也没了。即便如此，康彦仍每月缴纳基本月租费，并不断给手机充电。梨枝子已不复存在的今天，手机像是联结他与妻子的最后纽带。

瞥了一眼充电器上的手机，又将视线移回电视的瞬间，眼底留下一道绿色的闪光。是什么？又来骚扰短信了？康彦从沙发上站起身，走向灶台。果然是 LED 灯在闪烁。打开手机，细瞧待机画面。屏幕上是康彦、梨枝子、耕太一家三口在游乐园等待下一个游玩项目时拍的照片，背后是纯白的城堡。那时耕太还很小，被爸爸轻轻松松地抱在怀里。

这张照片几乎带着物理性冲击跃入康彦眼中。不管多少次打开梨枝子的手机，还是习惯不了这最初的画面。康彦查看手机屏幕时,尽量不把视线落在梨枝子的笑脸上,晚上七点十五分有条非通知类来电。谁打来的?毫无头绪。肯定是哪家没节操的电话推销公司吧。

康彦删除来电记录,把手机放回充电器上。

第二天的晚饭是在家里吃的。

如果可以不加班,地方城市的生活并不坏。比规定时间稍晚点离开公司,乘巴士四五分钟就能到幼儿园。天长的夏季,两人还能沿亮堂堂的街道散散步。

岳母将汉堡牛肉饼烤到八分熟放进冰箱备用,这种自制牛肉饼只需再用微波炉加热就能吃。打开蔬菜通心粉汤罐头,把在超市买的土豆沙拉盛进盘子,做成两人份的晚饭。耕太蘸着番茄酱吃得满嘴通红还直嚷嚷:

"还是外婆的汉堡牛肉饼好吃!爸爸也学着做嘛!"

"别看爸爸这样,爸爸做的饭可很香哦!比妈妈强多啦!"

梨枝子患上抑郁症后,根本做不成家务,尤其做不了吃的。

"耕太,没忘吧?妈妈跟爸爸比赛包饺子,连包饺子都是爸爸赢了呢!"

这时,厨房灶台上的手机嗡鸣起来。梨枝子的电话一直调在震动状态。康彦起身拿起手机。

"喂,我是古村。"

"啊,康彦?"

在哪里听到过的声音。一定是梨枝子的某位女性朋友,康彦却怎么也想不起是谁了。

"我是谷内果步。你还好吗?"

"啊……"

康彦当场僵住,不知该说点什么好。对方是大学时代同一圈子里的友人,对康彦和梨枝子都很了解,无数记忆猛地涌上心头。

"你不是在巴厘岛吗?"

"对。在那边酒店给日本游客当导游兼看门人。眼下倒是回这边了。"

果步大学毕业后做了旅游方面的自由撰稿人。她特别喜欢风景名胜,足迹遍及冲绳、曼谷等地,现在漂到了巴厘岛,在当地工作。她好像还没结婚。她给梨枝子的葬礼送来了花,人却没露面。

"眼下酒店不是赚钱的时候?"

"不是,十二月也太早,还得稍过段时间,所以回来见康彦,赶紧做个了结。"

"了结?"

耕太抬头看看父亲,康彦一脸不知所云的表情。

"是啊!我是导游啊,要带游客在这边寺院里转。最近每次一进寺院,不管在哪儿,总能听见梨枝子的声音。"

康彦完全不明白她是什么意思。

"最近这次,是在乌布①郊外的母神庙②。梨枝子的声音就像在通电话一样听得清清楚楚!应该是在上个月月初吧。她说:'果步,借你的身体用用,来日本见康彦,求你!'绝对就是梨枝子那个老顽固!"

这一点康彦也心知肚明。梨枝子一旦自己决定了什么,没人能让她回心转意。很显然,这就是她最后时刻三番两次要的花招。

"唉,这我倒是明白,你真听到她说话了?"

"我就觉得说了你也不会相信!可我已经答应梨枝子啦!"

耕太似乎对这没完没了的通话失去了兴趣,在蔬菜通心粉汤里扒拉着专挑通心粉吃。

"实在太过分了!我领着十二位游客正转呢,可她竟说不答应就不让我回去!当时我可一步都挪不动了啊!"

康彦并不相信超自然力量及心灵现象,觉得很可疑,就试探着问:

"你没加入邪教什么吧?"

果步哈哈大笑起来。这笑声让康彦想起了学生时代。那时,所有人都坚信未来空间广阔无限。

"当然没有!气死我啦!我可是特地从巴厘岛赶回日

---

① 乌布:地名,位于印度尼西亚的巴厘岛。
② 母神庙:即塔曼阿云寺,建于1634年,是巴厘岛一处皇家园林寺院。

本的！"

康彦不禁哑然失笑。

"知道啦,那见面吧！明晚可以吗？托我父母照看耕太,找个店坐下叙叙旧,喝一杯！"

果步叹口气说：

"不行啊！必须夜里十点在康彦卧室。梨枝子吩咐了,绝对要遵守！"

"这……有点像通灵。"

"对,通灵。梨枝子说,康彦不信的话,只要替她说句话就好。不过她也说了,这句话可能会吓着康彦。可以吗？说说那句话？"

康彦感觉嗓子渴得要冒烟了,声音也僵硬起来：

"没关系,说吧。"

"罗林、红葡萄酒、梅鹿汁。这是什么呀？葡萄酒的名字？"

电话差点脱手。这是滚落在浴盆旁边,喝空了的红葡萄酒的名字,去澳大利亚新婚旅行时喜欢上的葡萄酒,标签上印有骑自行车少女的图案。康彦从未对任何人提到过这葡萄酒的名字。

"怎么啦？没事吧？"

康彦从震惊中回过神儿来,说道：

"明白了,那等你来。明晚九点。还记得我住的公寓在哪儿吧？"

"很久以前的事了,我早忘啦。不过,梨枝子没忘。"

即便是一句正常的回答,康彦也得攒足力气才能发出音来：

"说的是,梨枝子不会忘。"

挂断电话回到桌边,康彦也不管通红的番茄酱是不是会蹭到运动衫上,猛地一把紧紧抱住了耕太。

第二天,康彦一整天都没能平心静气地工作,他还是准时下班去接耕太,却没心思做晚饭,于是进了常去的家庭餐厅。比起在家里正儿八经地做的饭菜,耕太更喜欢来这里吃,这可能与儿童套餐里带着玩具有关吧。

回到家,跟往常一样,两人先泡澡。晚上八点整,康彦哄耕太入睡,比平时早了三十分钟。康彦搂着儿子的肩,随便讲了几个故事。小孩子的好处就在于他们每次并不强求一定要讲新故事,同一个故事反复讲多次也不成问题。

康彦轻轻下床,关灯进了客厅。这以后的时间是怎么消磨掉的,康彦至今记不起来。感觉是在一直盯着钟表,时间像沙子般沙沙地流逝,但又不可能有如此巨大的沙漏计时器存在。

家里的门铃突然响了两声,康彦差点跳起来。怎么没按楼下公寓门铃就上来了?康彦慌忙奔向玄关。

"喂,来啦!跟什么人一起进的门?"

谷内果步没化妆。晒得黝黑的脸跟染成金色的头发很相配。都到冬天了,她下身还穿着牛仔超短裙和凉鞋。

"今天净出怪事。一看到楼下的门锁键盘,手指头就自己动起来,按下号码,不费力气就开了门。"

她说的是只告诉过公寓居民的四位数解锁号码。果步抬起右手：

"一点心意，所谓的罗林葡萄酒。"

这大概就是梨枝子的赠礼吧！康彦双手颤抖着接过包装完好的葡萄酒瓶。将果步让进客厅，康彦不禁说道：

"这酒跟梨枝子死前喝的一模一样！我没对任何人说过。"

果步一点也不惊讶。

"梨枝子不管什么时候开的玩笑都太过火。那为了她，开酒等着时辰到吧！不到那个时间，梨枝子说不会顺利回来的。"

久违了的红葡萄酒浸润着康彦的喉咙，本来康彦对红葡萄酒的喜爱就远超其他酒。差五分十点走进卧室时，两人都微醉了。果步环顾着室内说：

"不是怎么有诱惑力的卧室啊！"

"无论哪里的夫妻不都睡这种卧室？这是日本嘛！"

果步耸耸肩，脱下毛衣。

"下面要说的全是梨枝子的指示。你也把运动衫脱了。"

说到这个分儿上，只得往下试试看了。至少，此前一直震惊不断。康彦身上只剩下T恤和牛仔裤。

"把袜子也脱了，躺到床上。她说拉住我的手，看着天花板放松就好。"

躺在双人床上，拉着梨枝子的女性朋友的手，感觉气氛甚是

17

异样。天花板是常见的白色布装吊顶,毫无高档感可言。不知为什么,屋里的空气看起来白蒙蒙的。果步的声音变了:

"对不起,阿康。"

康彦扭过脸,身旁是梨枝子。看看拉着的手腕,没有自杀时的伤痕。跟耕太一样,肌肤雪白。

"为什么要扔下我和孩子去那边?"

声音像是用力挤出来的。梨枝子伸出另一只没被拉住的手,抚摸着康彦的额头。指尖冷冷的,感觉却极为舒爽惬意。

"命中注定。自己都没得选。那样下去太难受,太难受,就像活在小黑匣子里,而且最后抑郁发作起来就像个大浪,把我整个卷走了。什么人都敌不过那样的黑色巨浪。"

"那又如何?我们一家人、耕太、我、你父母、我爸妈怎么办?为你流泪的朋友们又算什么?"

"对不起!可就算反抗,也没得选。这些事到我这边来就明白了。我能待在这里的时间极短。你愿意的话,这段时间里我可以一直道歉,不过,那样实在太浪费时间。"

悲愤如火焰般在心中熊熊燃起。可的确如梨枝子所言。

"知道了。"

"就喜欢你这一点,换成是你,说不定就能打败那巨浪。平和、健康、普普通通,什么样的生活都能忍耐下去。我被你迷住,应该是理所当然的。你稳重得让人晕眩,可我真对不起你啊!"

康彦强忍住的泪水夺眶而出。一旦落泪,便再也抑制不住。

泪水不断地涌上来。

"什么时候……都……说不过……梨枝子,就算死了也一样。"

"也许是吧。因为你什么时候都能包容我,什么时候都能让我赢过你。"

泪水又滴落下来。原来她这么想啊!其实大多是自己嫌麻烦,中途放弃了而已。

"我想说的只有一点。阿康君也该看看新人了,希望阿康君去结识其他女人。"

"为什么啊?你那种走法,让我不可能交到其他女人了嘛!"

"对不起。再次道歉!真对不起。"

梨枝子转过身子,抱住康彦的头。惊讶于女性胸部理所当然的柔软与温暖,胸间的气息跟难以忘怀的过去别无二致。

"你也好,耕太也罢,照现在这样下去就完了。这个家需要女人。那位香澄就不错,其实你身边还有比她更合适的。"

说的是谁?康彦百思不得其解。

"梨枝子是为了给我介绍女人才回来的?"

梨枝子抚摸着康彦的面颊笑道:

"对。你现在动心正是时候,我也不可能说回来就回来。做了些对不起果步的事。还记得吗?学生时代,我们三人最要好,不是吗?我和果步都觉得你这人不错。碰巧你和我发展得比较顺利,当时真让果步伤透了心。果步第一次独自去国外旅行就是因为觉得跟你不可能了！你不知道吧？"

康彦对女性的感觉很迟钝。那之后,果步成了旅行作家,一直单身到现在。

"我一直观察着果步,对她了如指掌。我死后,她非常害怕跟变得很脆弱的你联系。两年里,在世界各地景区的她,几次想给你打电话的。"

人在阳光明媚的乐园里游走,心却在故乡被痛苦折磨的自己身上？这他倒没想到。

"求你,忘了我,让果步幸福起来。果步幸福了,你和耕太也会幸福。我已经做不到这些了。求你,狠狠地恨我一顿,忘掉我！我不值得让你念念不忘。我对你和耕太做了最不该做的事。"

康彦抬头看着梨枝子的面容。苍白,微带笑意。眼睛红肿却像在使劲儿瞪着什么似的绝不许泪水滚落下来。这是康彦记忆中妻子最美的表情。康彦发出一声凄厉的吼叫,紧紧抱住梨枝子：

"回来吧,梨枝子！抑郁也好,害怕也罢,自杀几次都没问题,快回来吧！"

梨枝子只是静静地抚摸着丈夫的头：

"这不可能啦！虽然我也想能那样该有多好呀！希望你跟果步一起幸福起来,希望你给耕太找个新妈妈,希望你有别的女人。这两年里,你没跟任何人睡过,是不是？"

"可是,这……"

"希望康彦重新开始生活。不然,耕太也只能带着一颗冰冷的心长大成人。求你,忘掉我!跟果步建个新家,你们三个一定会和和睦睦。我没做到的所有一切,希望你和果步都能给予耕太。到时间了,我得走了。"

"这不才刚开始聊吗?马上就要走?"

这次梨枝子像是发自内心地笑了:

"对!结束了。这种特别的时间,过得跟你那边不一样。最后,可以借果步的唇用用吧?"

梨枝子闭上眼睛凑过脸来。康彦想起已遗忘脑后的妻子双唇的触感。正想着时间永远这样停滞下去该多好,梨枝子却要离开了。

"要对果步保密哦!要是果步知道我抢走了她跟你的初吻,绝对会发火。那我走了。再放松,看着天花板。"

康彦抬眼望向熟悉的卧室天花板,白烟一样的空气清澈起来。晨曦照射在窗帘上。感觉不过区区几十分钟的事,瞥一眼闹钟,已到七点。闹铃响起来。康彦慌忙按住铃声,还一直拉着手的果步睁开眼睛:

"梨枝子怎样了?已经到早晨啦!感觉这一觉睡得真沉啊!没干什么不该干的吧!"

"什么也没干。"

康彦笑了,仿佛一点儿也没睡,精神却十分清爽。即使一切只是一场幻梦,又怎样呢?

马上去准备早饭！做耕太喜欢的简易饭团就好。不过,今早有久违的来客。最后用力握了握果步的手后,康彦松开了手。果步一脸不好意思地盯着康彦：

"感觉有点怪怪的,梨枝子都说了什么？"

"以后再说,早饭想吃点什么？"

说不定这是新家庭的第一顿早餐。不是说不定,一定是。梨枝子不可能说错。她在天上守望着这个家整整两年。康彦在这晴朗的冬天的早晨,起身下床,脚步轻快地走向厨房。

玻璃眼

节目的结束曲响起,该说最后的台词了。

"Afternoon Tea Delight[①],今天又是春风拂面的一天,主持人立花薰感谢您在这清爽的下午陪伴我们度过两个小时的直播时间,明天见。See you tomorrow, same time same station[②]。"

音控师缓缓滑下音控台上的音量控制器,播音室的主音被切断。隔音玻璃那边,立花薰摘下耳机,不无担心地盯着监控室,编导浅井诚一郎冲话筒说道:

"辛苦啦!小薰,今天不错嘛!"

听到这句话,播音室里的主持人、监控室里的工作人员齐刷刷地露出松了口气的表情。节目结束后的第一句话具有决定性意义。称呼"立花小姐"还是叫"小薰",其后的事态发展绝对大相径庭。叫姓氏的话,接下来肯定是漫长的反省会。反省会上没完没了的批评指正有时候比直播时间都长。

---

① Afternoon Tea Delight:原文广播中说的应该是日式发音的英语,直译为"下午茶的喜悦"。
② See you tomorrow, same time same station:原文广播中说的应该是日式发音的英语,直译为"明天见,同一时间同一波段"。

诚一郎在地方城市的调频广播电台任编导一职。因工作能力强、对部下过于严苛而在业内颇有名气。编导助理野泽香苗蹑手蹑脚地出了监控室,很快又折返回来,她一只手吃力地拉开厚重的隔音门,另一只手上托着一个白盒子。广播作家石泽亮介点点头,音控师按下音控台开关,Stevie Wonder[①]《祝你生日快乐》的旋律从桌上某个雅马哈监听扬声器中流淌出来。合成器的低音演绎得很圆满,广告导播边开盒子边说:

"浅井先生,生日快乐!"

从播音室出来的立花薰也拍起手。

"今天什么年纪来着?"

诚一郎只是微微笑笑,表情基本没什么变化。他隔着老远凝视着桌上的蛋糕。

"三十六岁。已经是没心思过生日的年纪啦!"

有人点起三根粗蜡烛与六根火柴棒粗细的细蜡烛。这一场面要发布到节目网站上,广告导播在诚一郎吹灭蜡烛前用数码相机拍了照,就像取证留影一样。

"怎样?可以了吧?"

诚一郎猛吸一口气,在熄了灯的监控室内将目光转向六根细蜡烛。

[①] Stevie Wonder:史蒂夫·汪达,美国黑人歌手、作曲家、音乐制作人,社会活动家。盲人,1950 年生于美国密歇根州。

"后天,诚司就六岁了。"

诚一郎两年没见自己的独生儿子了。没牵过手,没说过话,也没抱过他。

"我抛弃了自己的孩子,这辈子可能再也见不到他了吧!"

诚一郎也基本不联系妻子美树,她来电话时自己一直用冰冷的语音留言应付了事。公寓贷款和抚养费倒是每月按时支付,从不拖欠,但因没有正式办理离婚手续,只能继续着这种不上不下的夫妻关系。诚一郎很清楚自己都做了什么。

"我是个最差劲儿的父亲,最差劲儿的丈夫!"

想到这里,他的脸上很自然地现出讥笑。像要将心中所思一扫而空似的,诚一郎一口气吹灭了生日蛋糕上的蜡烛。

那天晚上,诚一郎独自去了哈德维①。

因对"隐匿之家"这个名字情有独钟而时常光顾的这家夜店,位于县厅大道,店里也开了瓶香槟为诚一郎庆生。快到夜里十点的时候,明日香为跟老板娘说话,离开了店里一会儿。再返回时,这位陪酒女郎乐得脸上笑开了花,已完全不是营业式笑脸了。

"说今晚不忙,可以离店。稍等,我换换衣服马上就来。"

---

① 哈德维:英语 Hideaway 的音译,直译为隐蔽处。即后文名为"隐匿之家"的夜店的名字。

虽说经济已复苏，但复苏的势头看来尚未影响到这个地方城市，哪家夜店都静悄悄的。店里只剩下一桌客人了，在夜晚早早降临的这条街上已不敢期待再有新客登门。已经微醉的诚一郎目送裸露在白色晚礼服外的明日香的后背远去。

从地下夜店来到路面上，明日香主动挎上诚一郎的胳膊。诚一郎深吸一口夜里的空气，夏天已经不远了！吸入胸中的是春末略微潮湿的柔柔的气息。

"怎么打算的？咱俩是再去家店简单坐坐，还是这就去我那里？"

她那里已不知去了多少次。明日香二十五六岁，晚上在夜店打工，白天去一所美容专业学校学习。她梦想成为一名美妆艺术家。

"想稍微走走。今天又在播音室一整天，晚上也一直待在店里，想吹吹风。"

诚一郎工作时必须待在那个狭小的混凝土匣子里。而且为保证隔音效果，播音室还是气密性构造。倒是能集中注意力，但同时也是个相当憋闷的地方。

"浅井先生今天过生日，怎么一点也不开心啊？"明日香挎着诚一郎的胳膊说。

她抬眼紧盯着诚一郎的脸。

"没人在过三十六岁生日的时候还能开心得起来吧？"

心里一直惦念着诚司和美树，两年前离家后就没忘记过。

他的生日跟独子诚司的生日仅差两天。去年过生日时还没跟明日香交往,他记得当时的自己极度失落。

街道右手侧新建的白色石砌县厅官邸在夜空下熠熠生辉,如梦如幻。就算经济不景气,官老爷们为自己花起钱来也从不犹豫。任何人对自己都总是这么宽容放纵。这就是人类。

诚一郎缓步走在人影稀少的散步道上。明日香毕竟年轻,不说也罢的话却脱口而出:

"浅井先生愁眉苦脸的时候,大都是在惦记您家太太吧?"

诚一郎笑了。惦记的是诚司,而非妻子。还没对明日香说起过儿子,也没说那孩子天生有病,而且他自己正是因为忍受不了他的病才抛弃儿子的。有关分居的妻子,他被明日香责备一番,心里反倒轻松了许多。

县厅官邸旁边,是地方法院的灰色建筑,这幢建筑物没被照亮,裸露的混凝土给人一种沉重的压迫感。

诚一郎嗤之以鼻:

"根本没心思惦记我家太太,这些事都无所谓啦!"

现实情况就是无所谓。让诚一郎念念不忘的,只有诚司的眼睛。玻璃球般清澈晶莹,能映照出世界却毫无表情。他感觉儿子眼睛深处没有任何感情,甚至不带丝毫自我意识,无论何时,只要盯住它,便感到莫名的恐惧。

"再去一家!金斯顿可以吗?"

那是这条街上唯一的牙买加酒吧。

"好啊！真开心！今天是浅井先生的生日，店家一定会提供超值服务！"

遗憾的是，那天夜里诚一郎没接受服务。深夜一点过后，从第二家店里出来，诚一郎将出租车费塞进醉醺醺的陪酒女郎手里，硬把明日香推进了出租车。

"司机，拜托，开车吧！"

明日香的声音从出租车里传出来：

"哎？怎么啦？多没劲儿呀！一起……"

关上后门，明日香的叫声也被截在了车里。看着年轻的陪酒女脑门儿蹭在玻璃窗上随车远去，诚一郎暗骂自己真是失败！害怕忍受不了一个人的孤独才去的夜店，结果跟喜欢的女人出双入对地厮守在一起却让他更加无法忍受。早知这样，还不如一开始就找点事做，哪怕在自己屋里喝到烂醉也好。

伫立深夜街头，仰望无尽星空。线条柔和的春天的云朵在缓缓飘荡。没感到困，没觉得醉，也不知疲惫，无意回自己的住处。此时此刻，诚一郎并没期待什么，只是任凭脚步自然而然地走向那个方向。

步行二十分钟左右，他来到了一个小山丘上的公寓前。

这是诚一郎已两年没回来的家。

从诚司婴儿时候起，诚一郎就感觉他做什么都慢吞吞的，经常呆呆地盯着空中，动也不动，要奶喝时哭声也不响亮。这么小的孩子当然不可能知道将就,可即便尿布里沾上屎尿,他也不会大声哭叫。白桃般的小屁股上起了斑疹也满不在乎。虽说这孩子不黏人,照看起来很轻松,可总觉得跟别人家的婴儿不太一样。

征兆是从儿子两岁左右开始出现的。儿子开口说话相当晚,身边朋友们的孩子都能说出"妈妈""爸爸"等简单的词了,诚司还完全发不出音。光是独自一人笑眯眯地抱着他最喜欢的绒布企鹅玩。

他上了幼儿园,到了能画画的年龄,周围的人都震惊了。诚司根本不会像其他孩子那样画人物。幼儿画的画里,出场的大多是家人,比如在父母中间画上一个小一圈的自己。同班的孩子以"和爸爸妈妈在一起的星期天"为主题画画时,诚司却用橙色蜡笔在图画纸上密密麻麻地画了数百个水滴,注意力异常集中,画得异常投入。画面精准得甚至可以做纺织品印染图案的参考图稿。画完橙色,他又不厌其烦地开始画蓝色和紫色水滴。

那之后,诚司所有的画,全都是几何图案,从不画人物、动物和自然景物。在幼儿园的一整年里,除了几十个词,诚司几乎不开口说话。更要命的是,诚司应答什么的时候,从他的眼睛里根本感受不到一个孩子应该具有的感情。所谓理解对方心情一说,儿子出生后一次也没有过。

在保育员的建议下,美树在诚司四岁生日来临的前一个月带他去了县立医院的精神治疗内科。医生似乎当场就弄清楚了诚司的状况,并介绍他们到大学医院的专科医生那里诊查。在迎来诚司四岁生日时,有了明确的诊断结果。

诚司患的是高机能自闭症。

在被告知"请父母一起来"的两年前的那个春天,专科医生的话令诚一郎至今难忘。

高机能自闭症有几个代表性的症状:用语言无法表达情绪,眼神、面部表情、肢体动作等的交流障碍;不能进行模仿性、象征性、想象性的游戏;兴趣爱好的局限性超乎异常;相应发育水平下的社交困难;缺少主动追求与他人共享快乐的意识。

最刺激诚一郎的就是最后这句。

"这孩子不能跟我分享快乐啊!"

不难想象,播音其实是将同一段音乐或对话产生的快乐通过空中电波分享给无数听众的工作。诚一郎在从事这样一项工作,而儿子却不能发出任何信息,被孤零零地锁闭在某处。

从那天起,诚一郎再没正眼看过诚司,也不再跟他搭话。虽然被妻子美树责备"太冷酷无情",但诚一郎心里怕得甚至不敢跟儿子玩游戏。诚一郎装作热衷于工作的样子,缩短了在家的时间。事实上,这种状态也没持续多久。

诚一郎彻底逃离了生病的儿子,逃离了拼命守护着儿子的妻子,逃离了刚刚购置的公寓。

小山丘上的公寓和两年前没什么变化,只是在白色瓷砖上蒙了一层灰而已。从这座八层建筑最顶楼往下数到第三层,诚一郎将目光投向最边角位置的窗户。夜已深,灯没亮。能够看到黑洞洞的窗户上拉合的蕾丝窗帘。

尽管诚一郎每月汇入购房还贷款项及抚养费,但只靠这些度日,显然远远不够。想必妻子美树做上了什么钟点工,明天清晨一定会早起,拖着年幼的儿子生活实在太艰苦。

虽说诚一郎头脑冷静,对这些事理心知肚明,可他无论如何也接受不了诚司的疾病。诚一郎仰望着看起来还很新的公寓楼,久久呆立不动。世间充溢着生有病儿的父母的美谈,诚一郎也对那样的父母肃然起敬。然而,应该也有为数不少的父母跟自己一样选择了逃避吧。人心的强韧程度各有不同,某些人能够承受的冲击说不定很轻易就能将另一些人的心击碎。

诚一郎自己太脆弱、太没担当。无论身为丈夫还是父亲都不够格。难道自己终将这样在自责中孤身一人年复一年地颓废下去?必须做个了断。活着太苦,苦得让人无法忍受。诚一郎像个木头人似的僵立在白色公寓楼前。一旦盯上它,双眼就再也不能从挂着蕾丝窗帘的黑色窗口离开了。

那天夜里,诚一郎一动不动地站在那里,直到黎明的第一缕晨光染亮东边的天空。

生日第二天,诚一郎心情非常好。

广播作家石泽调侃道:

"怎么啦,浅井先生?一上午笑眯眯的,多久没这样了?几乎没记得有过嘛!昨晚是不是有什么好事啊?"

作家抱臂胸前瞎琢磨着又说:

"对了!是因为明日香小姐吧!去那家店了?我们约你喝酒,倒叫你给推了!"

诚一郎曾带石泽去过哈德维几次。因彻夜未眠,诚一郎眼珠通红,嘴角上却挂着平和的笑意。主持人立花薰走进监控室。

"早上好!"

她的声音虽然欢快响亮,但一听就知道这是在试探诚一郎的情绪好坏。这些小伎俩直到昨天诚一郎都完全没意识到,周围的人竟然都是如此神经紧张提心吊胆地对待自己啊!想到这里,诚一郎心里顿时充满歉意。

"小薰,方便来一下?"

身穿鲜亮的橙色夏款针织衫的主持人蹦起来似的起身离座。诚一郎走在前面,进了空无一人的播音室。立花薰关上隔音门。

"放松,仔细听好。"

立花薰规规矩矩地站好,像个被校长叫到跟前的小学生。

"……好的。"

立花薰似乎已觉察到诚一郎的状态跟平常大不相同了,应答声中透露出些许不知所措。

"我像是总对你说些不近人情的话,实在抱歉!其实是因为我自己麻烦不断,心里一直放松不了的缘故。"

以为又要挨一通训的立花薰彻底放松下来。

"您家里的事啊?跟您太太相处得不愉快吗?"

诚一郎在同事面前也没提过儿子的病。

"唉,也算是一方面吧。多蒙小薰关照了,我们的节目能顺利走到今天,也是多亏了小薰的活泼开朗。"

立花薰好像吃了一惊,赶紧说:

"哪里,哪有这回事。这个节目靠的是浅井先生的打造,我觉得我作为广播主持人得到了成长。就像您在上上次反省会上说过的,我们提出的话题过于偏向东京的时髦内容了,最好能更多地考虑到地方城市的实际情况。"

诚一郎记得确实说过这些话。节目的听众中也有不少中年家庭主妇。净聊些东京新建美术馆或好莱坞最新作品的话,吸引不了这部分听众。

"很高兴你能这么说。不过,这个节目的顶梁柱不是我,而是坐在播音室麦克风前的小薰。以后,Afternoon Tea Delight 也多仰仗你啦!"

诚一郎尽量不让对方觉得夸张地轻轻一躬,吓得立花薰猛地跳过来:

"请您别这么说!莫非编导要辞职?!浅井先生对我又是点头又是鞠躬的,我都不知道该怎么好啦!"

那天的直播进行得相当顺利。诚一郎对监控室的工作人员也异常和蔼亲切,态度跟以前判若两人,因此大家的欢笑声不绝于耳。听到节目结束的台词后,所有人甚至面面相觑起来。突然变开朗的编导说:

"小薰和大家都没得说!太谢谢啦!"

看起来幸福得异乎寻常的编导像是空中漫步般离开了监控室。

诚一郎平常开车上下班,图的是能专心工作不必惦记着末班巴士发车时间。停在广播电台停车场的是辆宝马130i,诚一郎不顾受尽购房还贷之苦的妻子的反对,硬买下了这辆德国轿车。小小的引擎盖下塞进了三升的引擎。银色车身沐浴在西斜的夕阳下,呈现出暗淡的玫瑰色。

"就照昨夜的决定办!"

诚一郎拉开颇有手感的车门坐进驾驶室。考虑到将要到达的目的地,最好别系安全带。驾车缓缓挤进拥堵起来的县厅大道,地方城市嘛,行驶区区几公里就穿过了中心街区。这期间映入眼帘的建筑也好,急着回家的公司职员也罢,包括跑在前面的车辆的刹车灯在内,感觉一切都非常完美,熠熠生辉。

过了县厅大道,诚一郎将宝马的车头转向与邻县交界的山岭坡道。在这条平时车流量就不怎么多的路上,诚一郎将宝马所拥有的力量彻底释放了出来。轮胎嘶鸣着,车体快速冲上左弯右拐的坡道。急转弯、禁止超车、落石危险、注意动物出没,诚

一郎对所有的标识视若无睹一笑了之。每到弯道时,心里都重复着同一句话:

"做个了断……做个了断……做个了断。"

西边远方的天空中,春日夕阳红通通一片。树林里的新绿被水沾湿一般反射出橙色光彩。诚一郎想起儿子画的水滴图案,不禁微微一笑。

"可能那是我最后看到的描绘景物的图画吧!"

疾驰约三十分钟后,驶过县界,已经是下坡路了。差不多是时候了!在哪处弯道都好,只要手腕一拧,向错误方向打一把方向盘,自己瞬间就可以从人生舞台上退场了。就像关掉音控台的开关,寂静与无声的黑暗刹那间就会来到面前。

诚一郎买了人寿保险。因为还没离婚,受益人将是妻子。美树肯定会为诚司妥善管理这笔钱,这是一直逃避的父亲最后的使命。反正要干了,就漂漂亮亮地做个彻底了断。

连续三次高速转弯,就连宝马车的刹车都发出了尖叫声。驾驶室里飘荡着刹车垫烧焦的煳味。虽然全身冒汗,诚一郎仍微笑不止。

拐过下一个弯,右侧是水泥预制板壁面。撞向那里也不错吧!以百公里时速冲向墙壁,没系安全带的他肯定会整个飞出车外。左手边的悬崖也是个很好的选择。踩着油门越过护栏,车子肯定会飞向高空,甚至能玩一阵子空中游泳,当然,那也不过一瞬间的事。

正要保持当前速度冲入最后一个拐角的时候,诚一郎突然发现黄昏时分烟雾一般的大气中,在双车道路面中央站着一头鹿。鹿正惊恐地盯着这边。诚一郎直直地盯着鹿的眼睛,而这头野生动物的命运也正直直地迎视着自己。

"跟诚司一样。"

读不出感情的玻璃球般的眼睛。清澈晶莹,只能映照出他人感情的眼睛。自己惧怕孩子,因此孩子眼里只能映照出恐惧。直接撞上去?诚一郎生出这一念头的瞬间,条件反射般猛地踩下右脚的刹车踏板,方向盘打向悬崖一侧。他无法扼杀这个长着与诚司同样眼睛的生命。

宝马车车头向右倾斜着滑向护栏。前风挡玻璃窗外,辽阔的空中晚霞满天,那片鲜亮的橙色仿佛只须看一眼便可尽染胸间。只要那头鹿没事,一切都将就此终结。诚一郎只是将手轻轻地搭在方向盘上。

护栏是在立柱之间拉起三根钢缆的式样。车子减速的同时,从右侧引擎盖一边撞向由钢丝拧成的钢缆。诚一郎看到火星从自己的车体上飞溅开来,那片火星如同烟火般从驾驶室旁边飞过。

尽管已做好就势坠落悬崖的准备,可车子的速度却渐渐慢了下来。宝马车以斜着插入护栏的角度停下了。诚一郎下车回头向刚才的转弯处望去,小鹿还在那儿,正注视着这边。跟诚一郎的目光相对后,它无声地跳进了路边的树丛中。摇摆的树枝很快静止下来,摩擦叶子的声音渐渐远去。

诚一郎看了看宝马侧面,三道钢缆的刮痕深深地留在车体上。因为是三道间隔不大的平行线,每道刮痕都同样深浅。如同诚司、美树和自己,一家三口的创伤。诚一郎一直以为自己受伤最重,可本来谁也不该遭受如此深重的伤害啊!三个人都很痛苦。唯独他自己选择了逃避,逃避这些伤痕,逃避那双玻璃球般的眼睛。

听到停车的声音。有人冲着仍无法从车体刮痕上移开视线的诚一郎喊:

"没事吧?叫警察还是叫救护车?"

说话的是两个驾驶着商务旅行轿车的公司职员模样的人。诚一郎如梦初醒般应道:

"没事!回家路上,开得有点快。"

宝马的引擎还在低声轰鸣。从车体情况看,车子还能开动。略一点头后,旅行轿车驶离现场。诚一郎也坐进车子,慢慢倒车后又掉过头。刚才应答公司职员的那句话是不假思索脱口而出的,不过,除此之外,他已想不出其他目的地了。

紧握方向盘的手在不停地哆嗦。浅浅地踩着油门的脚也像经历了全速奔跑,没有一点气力。反常的不光是手脚,全身都因恐惧而战栗不止。诚一郎像粘在方向盘上似的,拼尽全力继续驾驶着宝马。山上清澈的天空中,夜色渐深。点缀着微弱星光的夜空为什么会如此美丽?诚一郎百思不得其解。可能是泪水已将眼睛彻底冲洗干净的缘故吧。

诚一郎将宝马车停在小山丘上的公寓前。停车场上停着辆没见过的轻车①,车体是接近红黏土色的橙色。

在这一带生活,没车寸步难行,应该是美树在分居期间买的。诚一郎下车抬头望向挂着蕾丝窗帘的窗口。灯亮着。

诚一郎还记得公寓楼大门自动锁的密码,乘电梯上了六楼。离开已有两年之久,奇怪的是他对这一切都没生疏。诚一郎缓缓走进外廊,按下609室的门铃,铃音透过金属门传出来。

"来啦,请稍等。"

是妻子的声音,诚一郎这次听到妻子的声音没有焦躁。心里正在盯着那双玻璃球般的眼睛,已不再恐惧。来开门的美树身穿T恤和牛仔裤,玄关里飘荡着晚饭的香味。

"对不起,能让我回来赎罪吗?"

诚一郎已累得精疲力竭,泪腺像是出了故障,泪水一经涌出就再也停不下来。美树惊异地盯着突然现身的丈夫,语气依然强悍:

"说得轻巧!扔下我和诚司两年了!"

美树抵住敞开的门,胳膊比以前更细了。

"对不起!今天本打算用别的形式向你们赎罪。本来要去

---

① 轻车:日本车辆分类中的最小规格,相当于660cc以下的三轮、四轮汽车。也指125cc以上250cc以下的两轮车。

寻死,可是真没用,死都没死成。"

妻子的眼圈不知不觉中变红了。

"胡说什么!莫名其妙!老公,你搞什么名堂?!"

诚一郎笑了,眯起眼睛,泪水滚落下来。

"花了两年时间,终于想通了。能让我回家吗?"

突然听到走廊上传来轻轻的脚步声。诚司穿着和美树一样的T恤,他既不兴奋也不生硬,用毫无感情色彩的平板音说:

"爸爸……回来啦……妈妈就是这么说的。"

这话令泣不成声的父亲困惑不已。诚司玻璃球般的目光转向什么也没有的白色墙围,惧怕直白的感情表达的症状并没改变。诚一郎本想拉住他的手道歉,最终只是平静地问:

"诚司,就是这么说的什么?"

儿子抬头瞥了一眼父亲说道:

"爸爸干完活后就回家了。还说,三个人就能一起住了。那样,一家人就再也不分开了。"

诚一郎在狭窄的玄关里跪下,抱住了儿子单薄的身体。诚司身体僵直,任凭父亲搂抱。虽然他不是个很喜欢被人搂抱的孩子,但毕竟时隔两年,应该能够宽容自己吧。

"妈妈就是这么说的:'以后一直在一起。今天晚上睡觉前,给你讲个特别漂亮的小鹿的故事。'"

美树再也抑制不住,爆发般地掩面痛哭起来。为了不被诚司看到,诚一郎也背过脸去泪流不止。

背后传来关门的声音。这是宣告一家三口在两年前的家里团聚的声音。为了永远记住它,诚一郎紧闭双眼,将这声音刻进心里。

新　生

男友突然提出分手是在星期天夜里十一点。

那天整整一天,浅生今日子都在屋里闲待着。跟她同居的松冈礼治说他与大学时代的朋友有约会,中午过后就出去了。同居生活已进入第三年,她心里没特别生疑,反而觉得自己独处更轻松。平时白天也在一起,倒也情有可原。今日子和礼治在同一家文具厂上班,今日子属企划部,礼治在营销部。

企划部正在研发一系列迷你型新款文具。为提交内部设计方案,今日子连续几天赶制企划书,天天坐末班电车下班。女人一到二十九岁,消除疲劳、恢复体力的速度明显变慢。不管睡多久,疲惫感就像渗入体内,怎么也清除不掉。这也是她一到周末就一身T恤衫休闲裤这种毫无魅力可言的打扮在屋里无所事事的原因。

听到玄关传来开门声,今日子习惯性地招呼:

"回来啦?"

今日子已从浴室出来,洗完头又穿上了休闲装。虽然跟他同床共枕,可连最后一次亲热是什么时候都不记得了。礼治醉醺醺的,脸色却很苍白。礼治进了1LDK公寓的客厅,看都没看

今日子一眼,张口就说:

"喂,来桌子这边坐坐?"

这是个初夏的夜晚。今日子在两人合买的餐桌边坐下,她的头发还湿漉漉的。礼治低着头,双手十指交叉在一起。桌子正上方是盏垂饰照明灯,北欧产的白木桌子上,仅在中央位置有点模糊的光亮。

"我刚要睡。这阵子无论怎么睡,脑袋都一点也不清醒。"

比今日子早一步年满三十岁的男友猛一低头,脑袋几乎磕到桌上。

"对不起!"

男友的郑重其事使今日子生出不祥的预感,她挺直身子坐正问:

"到底怎么了?"

礼治飞快地瞥了今日子一眼,目光相碰的瞬间又移开视线。

"跟我分手吧!"

"……"

事情来得太突然,今日子一时间什么话也说不上来。身体僵硬,肚子里像被扔进了一块石头。

"是我不好,对不起。分手吧!"

总算想起该喘口气了,今日子僵直着身子使劲儿吸了一口周日夜晚的空气,声音已嘶哑:

"什么意思?"

猛然像变成另一个人的男友硬生生挤出一句话：

"我有了喜欢的人。"

"我也认识？"

礼治像在偷偷观察今日子的表情。

"啊，认识。"

今日子本来没打算刨根问底，可她的声音却突然激愤起来：

"谁？"

"不该瞒你，我说。是我们部的榊原英里香。"

一个将亮茶色头发烫成名古屋卷①的做营销助理的女生。这个名字以前应该听礼治说过。

"还是个新手吧！你说过她根本没心干活，正让你犯愁吧！"

"啊啊，是她。"

男人都是嘴上说一套心里想一套。那女生刚刚短期大学毕业，应该才二十一岁。这些年轻姑娘对工作的重视程度只有时髦和化妆的一半。男人们嘴上怨言不断，其实很容易被这种女孩迷住。男人真是又单纯又狡猾。

"今天也是跟她约会？"

礼治脸冲下点点头。

"最近一到周末，根本就不在屋里待着，一直是去约会喽？"

"……嗯。"

---

① 名古屋卷：烫出纵向大波浪卷的女性长发发型。

今日子感觉内脏像被掏空。本应大发雷霆一场,可身上一点劲儿都使不出来。

"我和礼治同居的事,她知道吗?"

如果真是这样,那就更不能轻饶了她。

"不,不知道。没提今日子的事。她没恶意,请谅解。"

今日子对把自己伤成这样却袒护起另一个女人的礼治气不打一处来,这并非只是体内发热那种一般的生气,而是令人干呕不止的空乏的怒气。仍垂着头的礼治又说:

"这半年来我们总凑不到一块,不是吗?也不怎么说话。我以为今日子已经对我没感情了。"

同居前就已交往了两年,完全习惯了,可能觉得两人是老夫老妻就放松了警惕。

"可我们不是早晚要结婚吗?"

礼治听到这话抬起头来。一看见男友泪汪汪的双眼,今日子顿时失声痛哭。

"我也一直那样打算。跟今日子结婚,过普通人的日子……可是,不可能了。"

今日子既没掩住脸又没拭去泪痕,直直地盯着礼治放声大哭起来。

那天夜里,两人躺在床两边,东拉西扯地聊了些陈年旧事。可能因为白天约会挺累,礼治在一点过后发出了静静的鼾声。

今日子的漫漫长夜从这时开始了。

最初净胡思乱想礼治和名叫英里香的女孩之间的事,感觉眼前是一片烧得通红的熊熊怒火。睡在身边的这个家伙,说不定今天傍晚还搂抱过那女人。两个成年人连续周末约会长达半年,不可能什么也没发生。反正他一指头也不碰自己了。该怎么对付他?今日子绞尽脑汁在脑袋里设计着各种复仇方案。

两人同居一事,公司里只有极少数要好的朋友知道。把这事公开应该就挺好。或者闯进营业部,跟英里香来场决斗也不赖。或者扇她耳光,推搡她胸口,撕扯掉制服扣子也无妨。平常并非暴力型的今日子脑海里几次浮现出这样的画面。另外,虽然只见过两三次面,去找礼治他妈妈哭诉一番也是个办法。或者从外围离间他们,逼得这混蛋走投无路。

不过,这些方案只瞎琢磨到凌晨三点左右。对今日子来说,工作和职场更重要。今后还要一直工作下去,今日子不想因与礼治分手一事把麻烦闹大,更不愿使自己的工作环境恶化。而且不管用什么手段,礼治都不会回头了。就算他回心转意,两人的生活也不可能恢复原状了。

夏夜酷热难当。

体内积存了令人难以忍受的热量。今日子把毛巾被挟在两腿间,翻来覆去地消停不下来。担心的事渐渐趋向现实问题。今后这日子该怎么过?公寓的房租虽由两人均摊,但因为是以礼治的名义租住,两人散伙的话,道理上自己得搬出去。

还有四周就要提交内部企划提案了,她根本没时间找新住处,也没时间搬家。脑海中逐一现出几位朋友的面孔,却也没谁住的公寓宽敞到能让她突然搬进去。她的老家在枥木,更指望不上。

"必须跟甩了自己的男人在同一屋檐下、在同一张床上再睡接近一个月!"

黎明时分,今日子开始意识到自己陷入了一筹莫展的绝境中。

已经不可能再睡了。

早晨五点刚过,为冲洗掉身上黏黏的冷汗,今日子慢吞吞地下了床。

"那,结果呢?"同期进公司的岛本香织眼中闪着怒火问。

她俩早早地溜出公司进了常来的咖啡馆。桌上的午间套餐今日子碰都没碰,热三明治已凉了。今日子从今早起就没有一点食欲。

"没结果!礼治和我跟什么都没发生一样,早晨还是一起,来公司上班。"

"开玩笑!不可能什么都没发生吧!今日子,你什么也不干的话,我帮你去骂那个女的一顿吧?"

真是位难得的朋友。今日子淡淡地笑了。笑也好,哭也好,心情却都一样,这一点实在奇怪。

"算了,骂她一顿也改变不了什么。"

"礼治这小子太差劲儿了!一起住了三年,不都应该结婚的吗!这倒好,换了一个小了将近十岁的女人,真不要脸!"

今日子心里只是想,看来果然这样啊。好友发火让今日子感觉很新鲜。

"我说,你今晚不想回去了,是不是?一直住在一起的话不太方便,今晚去我那里睡,怎么样?睡觉前先去喝一杯!"

"嗯,谢谢你。先这样吧。"

今日子感觉自己的痛苦好像归了别人。破碎的心明明在咕嘟咕嘟流血,自己却有种在观察某个实验或标本的感觉。

"那早点从公司出来,先回去趟拿换洗的衣服吧。"

礼治和今日子租住的地方在田园都市线的二子玉川,香织一个人在提前她两站下车的樱新町住。

"嗯,就这么办。"

"这样的话,先订上站前新开的那家意大利餐厅吧!凤尾鱼卷心菜意面可好吃啦!"

今日子望着食品模型似的热三明治,根本没心伸手碰它。晚上自己还能有吃意大利面的心情吗?

那天晚上,今日子也只喝了葡萄酒和矿泉水,什么都没吃。去洗手间照镜子时吓了一跳,本来丰盈的脸颊一天时间竟变成尖的了。有过减肥经验的今日子几乎能准确估算出过去二十四小时内从身体上削减下来的体重,应该有两公斤多点。今日子在餐厅里对香织开玩笑说,最有效的减肥方法就是失恋。

略带醉意的今日子躺在香织为来客准备的被子里。午夜过后,身边的香织已进入梦乡,今日子还是睡不着。晨曦从窗帘四角照射进来、隐约能听到鸟叫的时候,今日子刚迷糊过去。不睡觉的话身体受不了,今日子很明白这一点,所以拼命想睡着,可偏偏脑袋里一团火热,清醒得很,怎么也睡不着。

在食欲和睡眠出现问题的第四天,今日子无奈向公司请了半天假去看精神内科。这四天里,睡眠时间总共约六个小时,体重跌了五公斤。最先开始松弛下来的是本来就不大的胸部。胸部反正也没人摸,大小倒是无所谓。

医生是位三十来岁的女性。听今日子大体讲述一番后说了句"真够受的",脸上表情却没怎么变。医生给今日子开的是安眠药和抗抑郁药物。她服用后发现效果都不明显。睡意袭来的时间只不过比天亮稍微早点而已,郁闷的心情也丝毫不见好转。

好在即便如此,只要服药就能小睡片刻,身体也就能活动。今日子像个变成空壳的玩偶似的活了下来。

今日子痛苦不堪的这段时间里,礼治几乎把言语交流降到了最低限度。清晨早早出门,不到睡觉时间不回来。他对今日子吃不下睡不着的状况似乎隐约有所觉察,不过类似关心体贴旧情人的话却一句也不说。礼治有时候也会面露难过之色,至于那是良心自责之痛,还是对同一屋檐下的自己不甚欢心的烦躁之相,今日子不得而知。

无论恋情如何终结,不管身体在最糟糕的状况下持续低迷多久,时间的流逝从未停歇。刚失恋那会儿,感觉五分钟十分钟都漫长得了无尽头,而现在,一天的业务不知不觉就到了结束的时候。跟礼治的关系完结后,今日子全身心地投入到工作当中。这才是能最快打发掉时间的办法。

香织突然现身企划部时,今日子正在加班。

"方便出来一下吗?"

已经做好回家准备的香织在隔断那边招手,今日子将企划书再次保存后站起身来。

"这里不方便,去那边!"

香织说着出了办公室,夏款裙装摇摆飘逸。年轻女性穿裙子真漂亮,今日子看着她的背影暗叹。自己跟礼治分手后就只穿长裤套装了。

香织在走廊拐角停下脚步说:

"喂,可能你不怎么感兴趣,这周五有空吗?"

是要一起吃饭吧。今日子当然没约会,周五、周六、周日都一个人无事可做。

"空倒是有,什么事?"

香织冷不丁伸手摸了摸今日子的脸颊。

"憔悴成这样,真让人心疼!从那天开始算,差不多有三个星期了吧？今日子，你一直这么消沉，光是玩命干活，是不是对自己太不公平了？"

香织说话拐弯抹角还真不多见。

"去没问题，到底什么事？"

这位同期挚友无声地启齿一笑说：

"刺激疗法。"

"……"

"我说啊，是去联谊会。"

今日子的确受刺激不小，她根本没考虑过跟其他男性接触。

"结束一段旧恋情，终归是要靠开启一段新的啊！当然倒是没必要猛一下子勉强交往，至少应该慢慢开始接触别的男人。我约好了两位老熟人，都挺靠谱的。"

今日子无力应答。以为会一直这样孑然一身地难受下去，没想到还有这么把自己放在心上的人。相比薄情的恋人，闺蜜更值得拥有。

"谢谢你，香织。"

香织笑嘻嘻地说：

"有言在先，我找来的人可没一个正跟其他女的同居哟！"

这玩笑开得太损，今日子却含泪大笑起来。

约见地点还是在樱新町站前的意大利餐厅。香织叫来的是大学时代的朋友及其学弟。两人现在都正巧没有女朋友，他们在最近效益不错的建材公司上班。

同龄的杉山博文干杯后说：

"听香织的话真是听对了！我老早以前就喜欢苗条的短发女孩，多少次在联谊会上扑了空，今晚算是来着了！"

今日子丝毫没动心。这人看起来倒是不错，不过自己对跟男性交往还心存畏惧，感觉很麻烦。今日子光是微笑点头。

"别急啊，师兄！"

说话的是年轻三岁的藤田芳和，一个还是大学生模样的青年。

"我也喜欢这位姐姐的类型，请一定多教给我点东西啊！"

这次今日子脸上的笑意稍有些冷淡。虽说多活了三年，可真没什么拿得出手的东西能教给谁。岂止如此，自己被负心汉抛弃，甚至狼狈到了危及性命的地步。窝窝囊囊的也有好处。今日子几次设想，在一个不眠的清晨，自己死在此时此地，让睁眼醒来的礼治发现自己的遗体，该是一场多么痛快淋漓的复仇啊！

藤田笑眯眯地问个不停，这年轻人真是又天真又单纯。

"今日子姐姐，您是在差不多一个月前跟前男友分的手吧？一直一个人不孤单吗？"

今日子朝香织那边瞟了一眼，朋友很为自己着想，应该没说自己还与前男友住在一起。

"是啊，不过也孤单惯了，不成问题。"

杉山扭动着身体说：

"感觉就算心里难受，脸上也装出不难受的样子说这些话，会更让男人动心。"

今日子当然不会装模作样，这话让人颇感意外，香织插嘴说：

"男人都这样？这种话可第一次听杉山君说。"

"就是这么回事！妆化得再完美、衣服穿得再撩人也不行。日本人嘛，就算说，'请，来块油多的牛排'，也不对味。还不如稍稍欠着点的感觉更性感、更有味。"

"我还小，牛排完全没问题！"

方格纹桌上发出一阵哄笑。今日子感到很不可思议。对这种场合，她心里既没反感也没期待。不过，在说说笑笑中慢慢有了那心思，也有了食欲。至于味道怎样还尝不出，至少完完整整地吃光了自己那份。的确有三个星期没这样正经吃饭了。

那天晚上，他们四人尽情吃、尽情喝、尽情笑，离开餐厅时已接近末班电车的时间。夏夜的风非常柔和，像在抚摸今日子发梢似的轻轻吹过。在走向车站的路上，杉山说：

"能再见面吗？我看就别四人一起了，光咱俩就好。"

走在前面的藤田猛地回过头来说：

"师兄，光想自己不太厚道吧！也给我点机会嘛！给我个面子再搞次酒会吧！下次最好选休假日，请姐姐欣赏欣赏我的时尚品位！"

两个家伙的话仍没让今日子动心,不过,心情大好是肯定的。车站检票口亮堂堂地出现在午夜街头。香织摆摆手说:

"看来大家都挺满意,四人再一起玩!"

今日子跟两人进了检票口,他们的宿舍在市中心。今日子在站台上向香织及晚上刚认识的两人挥手告别。

"再见!"

两人也快活地向今日子挥着手。年轻的那个还大叫:

"再见面啊!今日子姐,我成你的粉丝啦!"

年长的拍了年轻的脑袋一下。

"拜托!下次不带这家伙玩。"

今日子笑了,轻轻一躬,没说什么。有没有下次还不敢说,感觉开始一段新恋情会极大地消耗自己的心力。今日子走下站台等末班电车。冷气开得足足的车厢里出人意料地拥挤,大约五分钟就到了二子玉川。

在车站站台上能看到夜色下的河面,河水倒映着街市的灯光蜿蜒流淌。今日子走出检票口,决定不马上回住处。礼治差不多也该回去了,她不想带着酒气跟他碰面。

今日子打定主意,沿铁路线向多摩川堤坝走去。刚开始在这片街区生活的时候,今日子常带着休闲坐垫跟礼治来这里散步。在东京能看到如此广阔天空的地方,除此之外,今日子并不知道还有没有别处。今日子拾级而上,又走下河滩。穿着带后跟的鞋子在砂石路上行走不便,今日子满不在乎地走近河边,并在像巧克力板那样隆起的混凝土预制板上坐下。可能是白天的余热在发威,混凝土地面暖暖的跟体温差不多。

夜色下,眼前横亘着一条大河,距对岸亮灯的地方大概有几百米远吧。黑漆漆的河水倒映出街上的灯光,承载着一切滚滚流去。起初身体还适应不了这地方,一个人面冲河水感到异乎寻常的不安。好在过了十五分钟左右就不再担心了。昏暗的河滩上不见人影,没人注意到自己的存在。

今日子两手向后撑地,伸直双腿,凝望河面回想着这三周来的点点滴滴。礼治突如其来的坦白及之后空壳般的日日夜夜,心里留下的只有几乎无法痊愈的巨大创伤。因为当时所受的打击,自己的心不再像以往那样跳动。自己仍处于冰冻状态,像个幽灵似的去公司上班,甚至来参加联谊会。

所幸到下周三内部企划提案就将结束。翻过工作这座山后,应该马上有所行动!找个新街区的新住处。在新环境里,自己将获得新生吧!现在还不可能,不过说不定真的会就此展开一段新恋情。

今日子望着夜幕下的河水,时不时听到鱼儿跃起的声音。河面上漂着便利店的塑料袋。河水什么也不言说,什么也不解释,只是在那儿,凭着无尽的忍耐将从上游流泻下来的巨大水量推向下游。

今日子感觉自己会被这夜色下的河水吸进去,吸进去的不是身体,而是灵魂。已不想寻死了。在这川流面前,自己的生命也好,失恋也罢,只不过如区区一滴水。我们身陷这一滴水中,憎恨这一滴水,即便这样,仍不肯从这一滴水中迈出小小的一步;即便这样,仍要跟随其他众多水滴一同像这河水一样流淌下去。人活世间,卑微无趣。面对卑微无趣的生活以泪洗面的自己更是愚蠢至极。今日子抓起一把沙,抛向夜色下的河里,烟尘一般飞散开来的沙土随河水逝去。

"……真蠢!"

不光礼治蠢。自己、礼治、世间所有人都一样。所有人都在受伤受苦,却仍不能从卑微的迷梦中醒来。岂止如此,有时甚至愚蠢到期待被人无条件关爱!今日子站起身,面冲河水喃喃自语,感觉问题已彻底解决。

今日子意气风发地大步走过河滩,头也不回地登上堤坝。回到站前时感到口渴,在便利店买了加进碳酸的矿泉水喝下去,胃里顿时清爽起来。

今日子走过熟悉的街道,回到两人生活的住处。静静地开锁进屋,听到礼治的鼾声。今日子心生一计,走向自己的书桌。因为在文具厂上班,今日子的抽屉里摆满各类笔记用品。今日子从中挑出一支最粗的油性笔。

今日子上半身探向床上,将手搭在昔日恋人而现在只是住在一起的这个人的脑门上。撩开他干爽的前发,反应迟钝的礼治仍四平八稳地鼾声不断。今日子在他宽宽的额头上满满地写下:

"混蛋!"

仔细端详自己的笔迹。在昏暗的卧室里嗅到的油性笔的气味相当刺激。明天礼治也会一早就去约会吧!让他自己琢磨说辞对年轻的女营销助理解释好了。为这个男人伤心难过的日子已经结束!我的生命很宝贵,花在他身上太不值!在他脑门儿上的字下面画上横线,又标上几个星号。今日子不禁笑起来,最后又把他的头发弄乱才离开床边。

为将一天的汗水及三周来的伤痛冲洗掉,今日子走进浴室拧开了淋浴。

东京地理考试

松井定明高中毕业后开了四十年的垃圾清运车。

定明负责的区域是东山及上目黑、祐天寺一带,只要在目黑区内,不管多窄的小道,没有他不知道的。定明的爱好是下将棋①。一到休假日,他就风雨无阻地前往设在目黑区居民中心的将棋教室听课下棋。这个不折不扣的棋迷甚至把棋谱和将棋杀王题解集都带进了卡车驾驶室。

定明不觉得自己在将棋方面有什么才能。他看了三十来岁的年轻天才们殊死博弈的锦标赛后叹服不已,他绝不可能有那种超级计算机般的头脑。不服不行,职业棋手就是厉害。他回顾自己的工作,无论哪方面都没有值得向人炫耀的地方,顶多是个不厌其烦地开了四十年卡车的司机而已。

面临退休,定明丝毫没犹豫,已经操劳够了,今后要玩着乐着过日子。定明跟小自己两岁的妻子敏子没有孩子。政府发放的年金就算不宽裕,只要不太奢侈,加上积蓄也足够过日子了。

正式退下来是在四月份,定明意气风发。他决定以后每天

---

① 将棋:日本传统棋类游戏。

都去将棋教室！现在的日子可以二十四小时净琢磨着自己喜欢的事来过。最开始的一周定明简直就像进了天堂。跟面相聪明伶俐、头脑条理清晰的孩子们对弈，一点一滴地教他们将棋知识与世间百态。跟同辈好友赌上午饭钱，边下棋边一起痛骂这个不尊重老年人的社会。

遗憾的是，定明的欢娱之梦才两个星期就破碎了，真可谓不堪一击。原因是下棋屡战屡败。原本还是可以坚持下去的局势，转眼间就不得不放弃。第二天再下的话，注意力也根本集中不起来。这样就极难战胜同等水平的对手从而取得胜绩，下棋不再像以前那么单纯快乐了。

定明没别的事可做。定明不赌。因为体质特殊又滴酒不沾。对待女性，定明比开车还小心。这一点上，定明甚至被妻子看不起，她说是男人的话，至少花心一次试试嘛！也算是跟妻子怄气吧，那之后定明又连着下了半个月已变得索然无味的将棋。

定明彻底放弃并给以前的单位打电话时，退休才一个月。

"喂！阿定，最近怎么样？棋下得来劲儿吗？"

定明喜欢下将棋在垃圾清运局颇有名气。

"唉，马马虎虎。我说，应该还在招临时司机吧？定下谁了？"

"怎么啦？不是说剩下的人生除了下棋什么都不干嘛！这就举白旗啦？"老同事略带嘲讽地说。

定明心里腾地燃起怒火，却故意大笑道：

"就是啊！每天爱下几盘下几盘，反倒没精神了！玩嘛，大概欠着点儿才最来劲儿。话说回来，临时司机呢？"

"可惜啊，两周前就不招了。司机职位已经满员啦！"

定明强忍住叹息声：

"……是吗？不巧啊！"

明天开始再去将棋教室？感觉像把居民中心娱乐室当成垃圾清运车的驾驶室了。就算是定明，有些早晨也不愿从床上爬起来开车的。电话里传来沙拉沙拉翻找文件的声音。

"对了，阿定，你有第二类驾照[①]，是吧？"

定明年轻时觉得可能会有点用，就考取了第二类驾照，结果四十年来根本没派上用场。

"啊，有！"

电话那头的老同事说：

"有的话，这儿怎么样？泉记出租车，像是家很有实力的出租车公司，来咱这里招过人。"

定明觉得仿佛有微光照进山洞深处，又能干点什么啦！嘴里嘟囔着不想上班，心里急切地盼望着下盘棋的日子又回来啦！这样看来，定明似乎是为了尽情享受将棋带来的快感而心急火燎地期盼开始工作的。说是再次上岗，其实他对此并没有多少兴趣吧！

---

① 第二类驾照：在日本，以运载乘客为目的驾驶客车时必须持有的驾照。

"好啊！请一定跟那家公司说说！"

"晓得啦！日本人真是不干到爬不起来不算完啊！阿定也还能再干几年。趁着能动弹，使劲儿挣钱吧！"

请同事将相关资料发了传真。三天后，定明穿上为数不多的几套深蓝色西装之一，前往位于品川的出租车公司面试。出租车行业因限制放宽而长期存在着人员不足的问题。经过大约十五分钟的简单面试后，定明被录用了。

然而从这时起，对定明的考验也随之展开。他做梦都没想到，在年近六旬之时，竟然要遭受如此严苛的考验。不到这把年纪，谁都无法理解。

同期参加考试的只有一个人，是个比定明年轻二十岁的男子，名叫芹泽昌也。昌也话虽不多，定明却也大体了解到他以前在住宅建设公司营销部干得很不顺心，总受欺负。昌也摇头叹息说，接待客人还好，但在公司内要顾忌的方方面面让他实在受不了。

出租车司机培训需要两周时间。从接待乘客ABC到交通法规、驾驶基础知识等都进行了严格的训练。就连吃了四十年开车饭的定明都学到了恍然大悟的地步，原来平常看似不起眼的安全知识竟有这么深远的意义。

培训结束，到了最后关口。要成为出租车司机，必须在位于南砂町的东京出租车中心听三天课并通过考试。坐着听课倒不成问题,关键是考试太难对付了。

要是考目黑区里的街巷,定明根本不用犯愁。可在东京开出租车,要考的不光是二十三个区,连武藏野市、三鹰市也包括在内的有关三多摩的地理全都涵盖其中。比如类似这种考题:

靖国大道与本乡大道的交叉点在什么地方?

正确答案是小川町交叉路口。虽然是选择题的形式问题,但即便是这样,应付覆盖道路、路口、公园、建筑物、名胜、火车站、巴士站的考题,对年近六十的定明来说,也绝非易事。全部四十道题中答对三十二道就算及格。通不过东京地理考试,就拿不到出租车司机证。也就是说,就算个人档案放在出租车公司里,也开不成出租车。

就跟没了王将[①]的将棋棋盘一样。

在出租车公司接受培训的两周里,定明脑袋里只有东京地图。定明拼上老命,天天试考公司发下来的地理考试考题集,正确率顶多在百分之四十左右,还不到及格分数的一半。不过这也没什么可大惊小怪的。

一直住在东京西半部的人被问及距乐天会馆最近的车站在哪里时,肯定不可能当场答出在锦糸町。妻子敏子一脸惊愕地盯着埋头苦学的丈夫,增加收入的确不是坏事,可老公已经够努

---

① 王将:将棋中的棋子,类似中国象棋里的帅。

力了。到了可安享退休生活的岁数后,竟猛地开始如此玩命地学习,对他至爱的将棋,他也没拼到这种程度。实在不能眼睁睁地看着他因为考试少活几年啊!

第一次考试是在接近五月末的时候,考场就是听课的那间教室。长条桌子旁摆满钢管椅,大体一看,考生有四五十人。定明身边,昌也紧张得面如土色。

"大学毕业以后,差不多十五年没考试了。"

定明手里拿着被铅笔涂抹得乌黑的习题集说:

"我有四十年没考过试了。"

他的心里十分恐慌。

"可是定明先生看起来很沉着啊!"

心慌意乱走不出好棋,焦躁着急可能适得其反,这是定明下将棋时的切身感悟。

"别提啦!到底是上了年纪,记忆力也下降了。交叉路口、高速入口一个都记不住!"

尤其要命的是建筑物的名字。柏悦酒店、君悦酒店、世纪凯悦酒店,哪家在六本木?这类东西要求年近花甲的人记准记牢,也太勉为其难了吧!

抱着考卷的年轻考官走进教室。

"好了,请安静!"

都是成年人了还要考试,实在讨厌,教室里鸦雀无声。发下来的试卷是横向的B4纸。看看手表,马上就到下午一点了。考官看了看墙上的挂表。

"考试时间六十分钟,开考!"

定明做了个深呼吸,翻开第一张考卷。第一题映入眼帘:

以下高速出入口通往哪条高速公路?请选择:

扇大桥、高树町、足立入谷、一之江。答题栏里并排着六个选项:3号涩谷线、5号池袋线、7号小松川线、川口线、中央环状线、都心环状线。定明只知道高树町的都心环状线。

握在手中的铅笔被汗水浸得又黏又滑。姑且先把已知的正确答案写上,再看下一题。

请回答距以下建筑物最近的车站:

荷兰大使馆、康莱德东京酒店、立教大学、东京国际论坛。

外国投资的高级酒店、大使馆等等,在定明的人生中甚至都没作为背景出现过。定明已彻底举手投降,剩下的只得凭感觉乱填一气。

定明深深地叹口气,心想这下可糟了。

东京地理考试阅卷工作即日进行,下午三点半公布成绩,成绩及格的考生当天就能领到司机证回家。紧张得脸色煞白的昌也一次性顺利过关。定明得分17分,约是及格分数32分的一半。

"恭喜恭喜!年轻就是不一样啊!"

放下心来的昌也乐开了花。

"您没问题,定明先生。这类考试及格率不到一半,考两三次都很正常。"

的确如其所言。当天的及格率也就百分之四十多点。尽管略有失望,此时定明心里还没怎么着急。

那天晚上,定明喜欢的牙鲆刺身上了饭桌。敏子很照顾定明的情绪,绝口不提考试。与之形成鲜明对比的是,定明反倒比平常话多了:

"唉,太糟啦!就像让飞车①给职业棋手一样,毫无招架之力说的就是这种感觉!"

定明夹起刺身喝光啤酒,膝上还摊着翻开的考题集。敏子跟以往一样冷若冰霜:

"唉,这也算你自己的决定,至少该加把劲儿!难得能这样,及格后带你去旅游!"

"噢,随你张罗。"

对话就此打住。房间里只剩新闻节目里传出来的购物优惠信息了。

定明在第三次不及格前都没觉得着急。不过,考完回到出租车公司报告成绩不及格时,他的心里开始难受了。后来来的

---

① 让飞车:飞车,将棋里的棋子。实力悬殊的棋手间对弈时,高手会让子(飞车等)以求实力相当。

年轻候补司机都一个接一个地越过了高墙。

在这个罕见的少雨的六月里,定明拖出了旧自行车。地理考试中,还有些要求列举出类似巴士站这种从甲地到乙地之间一连串地名的考题。定明车库里停着一辆轻车,但如果只是开车走马观花地浏览一遍,根本不可能将地名刻进脑袋。

定明把东京分成六大区块,每天蹬着自行车奔向不同方向。至于武藏野市、三鹰市,考题主要涉及主干道,不怎么针对建筑物名称出题,反而简单得多。

在微阴闷热的天气里,定明一手拿着地图一手扶着自行车车把东奔西走。东京似乎有数不尽的街道和地名。所有这一切,白天是一条条反射着阳光的银带,晚上则变为一块块黑色木板。不管怎么用力蹬脚踏板都永无止境。脚下的路为什么跟人生如此相似?这把岁数了还不得不蹬着如此沉重的脚踏板。每当爬上高岗住宅区的多坡地带,定明就一边擦着下巴上的汗滴,一边在心里忿忿不平地唠叨。

不及格五次后,定明开始成为办公室里谈论的话题:这次招的新员工里有个笨得出奇的家伙,很有可能刷新不及格记录。此前的记录是有人考了九次才及格。当然这事没直接传进定明耳朵,不过同事中好像有人设了赌局赌定明到底考几次才能过关。好赌的多,八成是这份工作的特色。

定明低头躲避着公司里同事略带好奇与嘲讽的目光。过去五十年里,定明似乎一直都是这样走过来的,摒弃自暴自弃的情绪,严格自律。定明小时候学习成绩就不好,别人轻轻松松就能完成的计算题和汉字默写,在少年定明看来却极为困难。

定明意识到自己的脑袋怎么也比不上别人是在上小学高年级时。从那时起,定明就决定要比别人加倍地低头鞠躬,至少应该没人敲打低着的脑袋吧。跟将棋结缘也在同一时期,定明在小学课外活动上第一次下将棋就被顾问老师夸奖了。资质好、有希望,因为头脑受表扬,那是定明生来的头一次。

从那天开始的五十多年来,定明一直没忘记下将棋。拼命学习的结果,仍是业余初段水平。尽管如此,定明仍不放弃。孩童时期的一句话有时会决定人的一生。

老师无意中的一句表扬,支撑起了定明的人生。

第七次地理考试不及格的那天晚上,到了这个地步,哪怕是应试日,定明爱吃的任何东西也不会上桌了。有关考试,两人都只字不提。

但在收拾碗筷的时候,敏子说:

"老公,下次考试再不及格的话,就别开出租车了吧!"

五日市街道和吉祥寺大道的交汇点是八幡宫前的交叉路口。正盯着考题集的定明,被妻子的语气吓了一跳,赶紧抬头。敏子在厨房头也不回地说:

"九次是最差纪录吧?下次就是第八次了,还不行的话,真有可能破纪录。这把年纪了,可不能丢那个人不是?"

定明猛地攥紧搁在膝盖上的拳头,不过他没说一句怨言。毕竟考试不及格的是自己。

"知道了。下次是最后一回!"

之后的几天里,定明把考题集里所有的题目又做了一遍,骑着自行车把自己的弱项——城东地域转了个遍。定明准备得非常充分,就赌最后这一次了。考试当天,大清早天空就灰泥一般,什么时候落下雨来都不足为奇。

定明穿着十多年前的旧款西装前往东京出租车中心,上午在附近的咖啡馆里复习。窗外,小雨滴滴答答地敲打着行道树。

进了考场,坐在定明旁边的是个三十多岁却一副孩子相的年轻人。会不会又被人超越呢?此前的人生中,到底有多少晚生后辈超越了自己呢?

考卷发下来,开考的口令响起。定明照例做了个深呼吸。

"就算不及格,这也是最后一次了!"

定明自己都对自己的气定神闲感到不可思议。翻开考卷,跃入眼中的第一道题写着碑文谷公园等字样。定明心中一喜,没有着急答题,先把题目从头到尾大体浏览了一遍。三宿、三轩茶屋、自由大道、旧山手大道、林试森、驹泽奥林匹克公园。考题都在目黑区、世田谷区、涩谷区、品川区、大田区范围内。这样一来,多难的考题都不足挂齿了。在其他区域的考题面前曾是个步兵①的自己好像一下子升格为金将了。

在这最后的最后,竟有如此好运眷顾自己!泪水慢慢涌上来,定明戴正老花镜,不慌不忙地答起题来。

三点半,即将公布成绩之时。

定明坐在走廊的长椅上,直盯着白色长靴的鞋尖。鞋尖被雨水打湿,像双新鞋似的闪着光。到了下午,雨势更猛了。

"老公辛苦啦!"

定明抬起头。眼前是敏子满是皱纹的笑脸。

"这次再不及格的话,担心老公你会自杀,就跑来了。"

定明只是点了点头。他自己其貌不扬,又没出人头地,还跟富贵无缘,虽然妻子唠唠叨叨地总是满腹牢骚,其实仅凭她一直陪在自己身边这一点,就让定明心满意足了。妻子唯一的套装被雨淋得湿漉漉的,她这是来接自己啊。定明强忍住似乎又要慢慢涌上来的泪水。

"你好,松井先生!"

来人是定明已经非常熟悉的教官。他跟定明同龄,最清楚考验记忆力的考试的辛苦。

"啊,我家先生多蒙您关照啦!"

---

① 步兵:将棋中的棋子。将棋规则中,步兵抵达敌阵三段以内后,可升格为后文的"金将"。金将是将棋中子力价值较高的棋子,行棋时只需将步兵棋子翻过来使用即可,作用与金将等同。

定明还没说什么,敏子抢先一步鞠躬行礼。

教官睁圆了双眼:

"噢?是夫人?我们公布成绩的时候,好几回有年轻小伙子的监护人因为担心来过,考生夫人来这里可是破天荒头一遭!怎么样?马上就要公布了,要到教室里观摩观摩吗?"

"不啦,那像什么话。万一又不及格,两口子的脸都丢尽了,谢谢您的一番美意。"

"没什么,没什么,一起来吧!"

被教官催促着,定明和敏子进了摆放着长条桌子的教室。座位上已坐满考生。因经济不景气遭裁员而来报名当出租车司机的人源源不断。教官站在黑板前说:

"现在公布及格名单。及格人员稍后请在下面的窗口缴纳手续费、领取司机证。地理考试及格只是迈向专职出租车司机的第一步。请将安全驾驶与优良服务牢记在心,每天取得新进步。"

他将目光投向手中的纸片。

"一号,足立俊明。三号,川上功治。六号,日野智治……"

定明看看准考证,快要念到自己的编号了。这次的及格比例应该也是百分之四十左右。

"十四号,石冈敏郎。十七号,平井良介……"

教官抬眼看看定明。看得出那是饱含笑意的眼神。定明体内掠过一阵惊喜。

"十八号,松井定明。"

在被叫到名字的瞬间,定明还没来得及说什么,身边的妻子竟放声大哭起来。她这一哭,把不知所措的定明的眼泪也勾了下来。自己可是一直在梅雨季节闷热的下午骑着自行车东奔西跑啊!教官似乎也是个爱掉泪的人,他忙不迭地将手指伸到眼镜下面擦拭眼泪。

"我说,今天是松井先生第八次地理考试,及格!只差一次就平了最高纪录,但松井先生通过努力学习越过了难关!跟夫人一起来听成绩的司机,本中心这是第一位!大家鼓掌!"

教室里各个年龄段的考生都鼓起掌来。定明觉得自己没做什么,只是因为太笨而屡屡考不及格。定明深鞠一躬,着实被送给自己和妻子的掌声打动了。从未经历过大场面的定明,应该永远不会忘记此情此景吧!这掌声激励定明成为优秀的专职司机,并用优质服务回馈乘客。定明在桌底下将手伸向还在失声哭泣的妻子。她年轻时充满弹性的手背现在跟自己一样已布满干裂的皱纹,但肌肤下奔流的鲜血与热情跟年轻时并没有丝毫改变。

定明用小得不会被其他人听到的声音说:

"让你担心啦,敏子。都怪我太笨。"

敏子用手帕擦拭着眼角,一个劲儿地点头,哭得更响了。妻子离席从教室后门出去了。教官继续公布及格考生名单:

"二十号,冈本幸次郎。二十六号,片濑秀治。二十九号,横山次郎……"

定明全身心地倾听着这音乐般美妙的声音。

大约十分钟后,敏子回来了,她像是去洗手间把花了的妆又补了补。敏子虽然不漂亮,但面容和蔼可亲,颇有魅力。

"啊,白担心了。"

教室里只剩下定明夫妇和教官后,教官问:

"这么担心您家先生?"

敏子的表情俨然雨后晴空已完全干透,她的情绪就像轻快的车轮经常滴溜溜乱转。

"可不是嘛!我家这位小心眼儿,爱纠结些小事,又不争气,感觉老是放心不下,就得一步不离地陪在身边。"

教官笑了。

"噢,真是羡煞旁人啊!"

定明想说点自己脑袋灵光的事,可越是这种时候嘴巴越不听使唤。教官展开考卷给定明看。

"这次地理考试唯一的满分!辛苦啦!今后要继续努力!"

定明鞠躬致谢。对人点头哈腰也有这样的幸福感真是稀罕。

"难得来一趟,不领着夫人在这里参观参观吗?我还想把贤伉俪介绍给大家呢!"

定明又低头道谢。自己什么也没做,一定是运气太好吧。敏子痛快地站起身,紧跟在教官身后。妻子的行动总比定明早一步。

"走,老公,参观去！回家路上请你吃寿司。你这么努力,犒劳犒劳你！"

松井家财政大权握在敏子手里。定明望着妻子略显丰满的背影,迈步走过响着雨声的走廊。

蜜蜂嗡鸣

客户信息室墙上挂着一只巨大的钟表。表盘为白色,表针又黑又粗,为避免人们看错时间,表盘上数字大得几乎破坏了钟表外观的整体平衡。

"这个房间里没有任何非实用性的东西。"

山崎素世看了看放在桌子右手边上的一摞复印纸,大概有十厘米厚。这是从全国各地的店面运送来的客户信息卡的复印件。住址、姓名、年龄、生日、电话号码、职业、可否邮寄广告等,每张复印纸上都填写着这些个人信息。碰上脾气好的顾客,甚至会把家庭成员构成、手机号码、个人邮箱、家人的生日都无一遗漏地写进来。奥罗拉集团常搞生日当天赠送优惠券的活动,为五百块钱①优惠券,就透露出如此详尽的信息,有些顾客的做法真令人难以置信。

素世的工作是将客户个人信息从手写卡片上输入到格式化的顾客信息模板内。一小时在键盘上输入二十到三十人的信息,一天工作七小时,可处理约两百人的信息。即便如此,十厘米厚

---

① 五百块钱:指日元。下文同。

的纸堆也只能整理完四分之一。奥罗拉集团在全国设有多处大型购物中心,每周都有大量客户信息卡运送过来。这工作就像捡拾沙漠里的沙粒般永无尽头。

"不管怎么噼里啪啦地打也打不完啊!"

邻桌的浜名喜代子发起牢骚。她用双手揉着自己的肩膀,都四十六七岁了,一天到晚总盯着电脑显示屏,极易造成肩膀酸痛。

"是啊。"

素世应了一声,表现得并不热情,无意跟她扯上关系。记得有一次,因为她电脑操作失误,导致数据丢失而引发大乱。为帮她还原数据,素世被白白耽搁了两个小时宝贵的工作时间。

"啊,对了!给山崎小姐做了一道小菜。"

喜代子从奥罗拉集团的购物袋里取出一个装在塑料袋中的小小的特百惠食品盒。

"我说,你单身一人菜吃得不多吧!我做了份筑前煮,喜欢的话,中午吃了吧。"

塑料袋底部积存着一些酱油色的汤汁。喜代子把袋子放在素世桌上,马上有股甜甜咸咸的气味飘了出来。素世竭尽全力忍着,不让脸上露出厌恶之色。

"太感谢了。不过以后请别再这么费心了!"

素世说话时,碰都没碰塑料袋一下。要嗅着筑前煮的味道打一上午字,真让人心烦,可素世又实在不愿碰跟这炖菜一样黏黏糊糊的皱皱巴巴的塑料袋。墙上的挂钟显示还差两分九点。室长武信宏一在前方远处说道：

"今天也拜托诸位啦！顾客信息是现代零售业的命脉。保管这命脉的就是这间客户信息室里的各位，请认真输入信息不要出错。来，照老规矩行动起来，请喊出我们的口号！"

还差两年退休的武信室长看看手表，他特别喜欢在九点整让手下们开始工作。

"人人为我，我为人人！"

这是奥罗拉集团第二代社长最喜欢的标语。这位社长可是六大学[1]橄榄球部出身，虽说只是个替补，却很有来头。房间里四十八个人异口同声：

"人人为我，我为人人！"

表针转过九点，敲打键盘的声音一起奏响。这声音既像摩托的引擎又似蜜蜂的嗡鸣，感觉异常吵闹刺耳。听起来不像生物体发出的声音。不对，或许应该说是生物体被强行机械化而发出的尖叫。一旦投入工作，素世就变成了一台打字机。素世将视线转向第一张复印纸。

"住址是爱知县碧南市……姓名为村田一实……电话号码……"

---

[1] 六大学：即东京六大学，包括早稻田大学、庆应大学、明治大学、法政大学、立教大学、东京大学六所大学，这个叫法源自1925年成立的东京六大学棒球队。现同时有"东京著名大学"的意思。

素世开始输入客户信息，键盘如歌般吟唱起来。既然是跟命脉一样重要的顾客信息，为什么不规规矩矩地安排正式工来输入保存？这间屋里正式工的占比还不到两成，一半是毫无干劲儿的女职员，剩下的都是被裁减下来的人员或因遭受惩罚而被踢过来的毫无前途可言的男职员。

素世随后什么也不再想，意识关闭，整个人完全沉浸在单纯的键盘操作中。这样一来，等再想起看表时，上午的三个小时已在不知不觉间过去了。

午餐时间，素世跟两位年纪相差不大的朋友——川本里惠和藤本麻由香一起去了职工食堂。她们也都是单身，也都在刚毕业时遭遇了就业冰河期[①]，她们跟素世一样，错失了成为正式工的良机。里惠问：

"这特百惠怎么来的？"

素世兴致不高地说：

"邻桌浜名大姐送的，说是筑前煮。"

"哈哈，这可真难为人！又不能说不要再推回去。"

里惠性格直爽，似乎看透了素世的心思。麻由香伸手去拿塑料袋。

"算了，这不挺好！尝一口喽。"

[①] 就业冰河期：2000 年前后，日本经济低迷，被称为"就业冰河期"。

麻由香打开特百惠的盖子,炖菜的气味飘散出来。芋头、胡萝卜、竹笋、嫩豆荚,都给酱油糖汁炖得透透的,入味十足。麻由香用筷子挟了一块芋头。

"嗯——又咸又甜,口味是不是太重了?"

"什么?"

里惠填进嘴里一块煮得稍烂的胡萝卜。

"口味确实挺重。"

听了她俩的评价,素世更没心思吃了。做早饭时一起准备的午餐是火腿鸡蛋三明治,跟筑前煮也不对味。素世盖上盒盖,她被这炖菜的味道顶得实在受不了,出食堂时把剩下的丢进剩饭桶吧。素世咬了一口三明治问:

"不管它了,里惠就职考试情况怎么样了?"

三人聊得较多的是合同工转正及结婚等话题。其中对由合同工转为正式工这个问题尤为重视,因为这可谓事关生死。

"现在到了Light Up通信公司的复试阶段,不过跟我们同期的人也去了很多,以后怎样还不好说呢!"

那家公司在网络广告领域成长势头正旺。麻由香叹了口气说:

"真不错啊,Light Up的办公地点在涩谷吧!像咱这沟口,根本算不上时尚街区。"

虽说是同一条田园都市线路,起点在都心站的涩谷跟在神奈川的沟口可是大相径庭。

"顺利的话就太棒啦！出入涩谷的女白领,还是正式工！比沟口的钟点工可强上百倍。我也去考考就好了。"

素世的感叹发自心底。时薪七百八十块钱,接近神奈川县最低工资标准。干一个月也就十二万左右。这份毫无奔头的工作,既没奖金也没机会晋升,交通费倒是报销,其他补贴一概免谈。即便如此,签的还是随雇随炒的一年期合同,连跟上司抱怨几句都不可能。三人之所以自带午饭,是因为连职工食堂的东西都觉得贵,更别提出去吃了。坐在这里至少还能喝上免费茶水。

素世也每月都去应聘,值得一提的企业都以招收应届毕业生或毕业第二年的人为主,旨在解救遭遇就业冰河期这一代人的招聘寥寥无几。

"别惦记这些了。你们都听说了？"

麻由香压低声音,她对公司内部的小道消息无所不知。莫非又是信息室的合同工玩起了给正式工做家眷这类套路？

"好啦好啦！别吊人胃口啦,快说快说！"

素世不客气地催促麻由香。

"小素你真是,说话不能客气点！"

公司对自己不客气,自己对别人也客气不起来。素世把这句理所当然的台词硬生生地咽了下去。

"听说啊,信息室可能要关了。"

里惠和素世齐声惊叫:

"什么?!"

麻由香躬起背向前探着身子又压低声音说:

"绝密情报不可外传!眼下奥罗拉集团在全国不是有四个客户信息室吗?听说为降低成本,要在什么地方合并成一个!"

素世很清楚自己的声音里充满焦虑:

"听谁说的?"

"五十岚先生。"

"真有可能,那家伙可是个消息灵通人士。"

五十岚因在以前的店面与常有业务往来的人产生纠纷被贬到这里,传言他私底下昧着良心搞了些金钱交易。五十岚根本没把心思放在工作上,为脱离信息室,他想方设法在公司疏通关系上下打点。

里惠停下筷子说:

"降低成本啊!人员开支削减到这个地步算什么啊!我们不也是消费者吗!要是这样,我再也不在咱公司的连锁店里买东西了!"

素世在心里算起账来。现有山形、冲绳、神奈川、兵库四处客户信息室,山形和冲绳的最低时薪比这里要低一百多块。假设按每人每天七百计算,即便雇佣相同人数,一天应该也能省下近三万块的人员开支,一个月下来就能削减大约六十万经费。不知哪位高人趴在桌上搞出这么个降低成本的方案,脑瓜子够灵光,却一点都不顾及员工的疾苦。

"是要让人觉得就连有这么份工作都算很幸运啦？"里惠喃喃自语似的说道。

明亮的阳光照进清洁的职工食堂，墙上贴着手书标语：

"人人为我，我为人人。"

被裁减掉的人既不算"我"，也不算"人人"吧！素世的食欲一下子消失得无影无踪。麻由香没有多强烈的反应八成是因为她跟父母一起住，危机感的迫切程度跟自己大不相同。

"真该正儿八经地找份工作，不能再吊在这份工作上了！"

素世焦虑颇深。两眼直愣愣地盯着放炖菜的地方，被炖菜汤汁洇成茶色的塑料袋更皱巴了。她感觉自己的人生也像洇出来的污渍般乏味无聊、没有意义，素世不禁垂下双眼。

素世拎着午餐盒和特百惠回到桌边，本想道声谢，还回倒空了的容器。喜代子还没回来，尽管午休时间已过。武信室长走过来气哼哼地说：

"真让人头疼啊，这个浜名。"

室长拿起摊放在桌上的复印纸。素世问：

"出什么事了？"

"又是孩子，老问题了。好像在养护学校出了什么事，冷不丁提出来下午让她休半天，可这里也有这里的现实情况嘛！"

没有奖金、不能晋升就是这份工作的现实情况。听喜代子说过她儿子有残疾，因为漠不关心，素世早已左耳进右耳出了。

"唉，算了。好在她说今天还回来接着干。根本没什么进展嘛！"

素世将注意力集中到自己的工作上。这的确是份没有未来可言的差事，但就目前来说，只能揪住这里不放。不然，别说未来，就连月底的房租都危险。

素世把复印纸拖到手边，又开始了下午时段的键盘输入。自己已火烧眉毛，根本无暇顾及他人。

三点一到，正式工身份的女职员们纷纷离座。根据工会协定，准许计算机操作人员下午也休息三十分钟。手里攥着手帕走向职工食堂的女职员们丝毫没觉得有什么不妥，其余大多数合同工则一言不发地继续打字。

正式工没有输入定额要求，还有三十分钟下午茶时间。素世她们这些合同工没有休息时间，反而有定额要求。底线是一天输入六十份客户资料。所有人都对这种不公平心知肚明，然而职场上有着分明的身份差别，因为无法翻越这堵高墙，所以也没人把牢骚挂在嘴边。

素世耳中听着蜜蜂嗡鸣声，心无旁骛地继续着键盘输入。盲打技术是素世来这里后花两周时间掌握的，但在自己家里写邮件时却一丝不苟地盯着键盘打字。盲打这项技术在机械式输入以外的场合没有半点作用，素世更愿意不急不躁地边想边给朋友写信。

喜代子回来时已过四点,距下班时间已经不到一个小时了。

她先点头哈腰地到武信室长那里打了招呼。虽然不想听,可室长那恼怒的训斥声还是传进素世耳朵里:

"什么也别说啦,抓紧回去干活!接二连三地出这种事,明年合同更新的时候可要往上打报告啦!"

懦弱胆小的室长也因心中恼火竖起了眉毛。喜代子又连连鞠躬后回到自己座位上。看到特百惠饭盒,她脸上闪过一丝笑意,小声说:

"吃完了?太好啦!"

当然不能说菜几乎都扔进了食堂的剩饭桶。根本没动筷子的素世对好吃与否只字不提,光是连声道谢。

"太谢谢啦!"

喜代子频频看手表。

"我说山崎小姐,不好意思啊,我让出租车等在公司外面,儿子在车上,钱不太够,能借我一千五百块钱吗?"

素世心里一沉,嘴上没说什么,手先动起来。素世掏出钱包说:

"借你两千,明天还我就好。请。"

素世从桌子底下递钱给她,本以为喜代子会接过去,不承想她反倒在素世手上放了自己的两千块。

喜代子压低声音说:

"拜托你把这些钱一起交给出租车司机,可以吗?记下你的情了。要是让室长看到我又出去,他指不定会说什么呢!明年被辞退的话,我家可要麻烦了!"

真烦人!素世心里嘀咕,实在不愿意跟不被上面待见的人扯上关系。

"求你了!"喜代子双手合十央求道。

素世想,自己到这里工作以来,还没被谁这么严肃地托付过什么事。合同工们为保住自己的饭碗都在全力以赴,几乎没有横向联系,连对自己的境遇相互发发牢骚的事都没有。素世看看邻近的正式工的桌子,女职员们慢条斯理地用两只手的食指戳着按键;五十岚则在看摊放在键盘上的商业杂志。里面肯定写满更高效的经营手段吧!素世心里突然燃起一股无名怒火,她一把抓起皱巴巴的千元钞票,声音尖厉地说:

"知道了!光把钱付上就行吧!"

素世起身离席。因为职场上几乎全是女性,即便不在休息时间,也可以自由出入洗手间。素世出信息室穿过走廊,瞥了一眼工时记录卡,来到这座仓库模样的建筑外面。正门前停着辆出租车。一个看上去极普通的男孩从车后座开着的窗口探出头来,看到身穿制服、脚蹬凉鞋的素世走近前来,这个十二三岁的少年嚷道:

"妈、妈、妈妈,妈妈——"

出租车座位旁边放着金属制的丁字拐。素世心里一揪:喜代子一边抚养这个孩子,一边干着她不怎么擅长的电脑输入工作啊。

司机摇下车窗:

"不是刚才那位妈妈啊!"

素世一点头,这几年搭出租车的次数屈指可数。

"替她来的,这些钱能到家吧?"

素世把四张千元钞票递过去,并紧盯着司机的脸。看模样是个好脾气的半老头子。素世看着他的眼睛说:

"送他到家门口后,请您看着这孩子进门,好吗?"

"好的,知道啦!不用担心!"

男孩在后座上叫:

"妈、妈、妈妈,妈妈呢?"

素世弯下腰,伸手轻抚男孩的头,孩子的头发暖暖的,出乎素世意料。

"别怕,妈妈去上班了,要你先回家。"

男孩的双眼晶莹润泽,透明得像望得见底的清泉。

"那司机先生,拜托您啦!"

橙色出租车一溜烟儿跑远。素世目送车子拐过街角后,踏着行军般的步伐走过公司园区,凉鞋在脚下发出一连串脆响。

素世一回信息室,喜代子就小声说:

"真不好意思啊,给山崎小姐添麻烦了。"

"没什么。孩子叫什么名字?"

"喜一。从我的名字里取了一个字,是我老公给起的。"

素世在自己座位上坐下,自己也弄不清哪来的那团怒气已沉入腹底。

她对这个把人分为三六九等的社会、对单调的键盘输入工作都感到忿懑。哪怕搞点小动作也好,就不能干出点什么能表示反抗的事来?

素世瞅瞅墙上的表,距下班时间还剩四十分钟。再瞧瞧自己桌上的复印纸,今天的定额已经完成。

"喜一君情况不太好吗?"

喜代子手忙脚乱地操作着键盘。她肯定恨不得能早回去,哪怕片刻光景也好吧!

喜代子头也没回地对素世说:

"是啊!有残疾的孩子,身体在其他方面也差,我家这个就动不动感冒。昨天开始又有点着凉,身体不舒服。可是不让他去学校我就不能来上班不是?勉强去了,结果下午发起了烧,这不,被老师叫去学校了。"

喜代子全神贯注地忙碌着,但她那打字速度无论如何也没法跟年轻的素世相提并论。溜出公司三个小时多一点,照这速度,完成今天的定额至少得加班到晚上八点以后。也不敢奢望没准她半天假的武信室长会让她在完成定额工作前回家。

素世想起男孩的双眼,那眼睛晶莹清澈得让人心酸。

"你的顾客信息卡分我一半。"

喜代子从电脑显示屏上转过脸来。

"可山崎小姐,这……"

员工间相互调配工作属违规行为。虽说也有个保护消费者个人信息的名目,但素世有时候觉得其实是公司不愿让合同工们建立起横向联系。比如像这次,随雇随炒的员工们互相帮忙,公司方面肯定就不痛快。

"知道这样违反规定。不过,一是没有明确的处罚条例,二是只要做得巧妙就不会暴露。浜名姐的加班时间可以缩减一半啊!"

喜代子惊得睁圆了双眼,眼前这人只是个没怎么说过话的同事,她竟突然说就算违反规定也要帮自己干活!

"从桌子下面给我信息卡。我那部分不在线输入,存盘给你,这样就不会留下记录。室长正在打电话,快!"

喜代子提心吊胆地把目光转向前面的桌子。想必听到她俩说的话了,坐在前面的里惠回过头来看看素世。

"这室长可真小气!喂,素世帮忙的话,我也帮!也分给我三分之一。"

喜代子把桌上的复印纸分为三摞,悄悄递给两人。

"山崎小姐、川本小姐,真给你们添麻烦了,对不起!"

里惠刷地一把夺过资料,笑道:

"好说!再说也并非只为浜名姐一个人出头。我早受够这家公司了!"

这话倒符合里惠口无遮拦的秉性。素世也有同感,但看到那个男孩后,事情就不能这么一带而过了。

"喜一君在家等着吧?所以最好尽早回去陪他。"

素世把接过来的复印纸放在桌上,用最快的速度敲开了键盘。

没想到电脑显示屏被全新的客户信息占满竟让自己如此开心。素世自打来到这个岗位后,第一次觉得工作没白干。

敲击按键的声音,如同一连串的旋律开始唱响,素世轻声哼着歌,将客户信息卡上的内容转化为电子数据。

多亏里惠出手相助,正好六点工作全部完成。在客户信息室加班的只剩其他几位合同工了。正式工已准点下班,武信室长说要开会,不知去了哪里。

喜代子深鞠一躬说:

"今天真是太感谢啦!有人帮忙这种事,想都不敢想。"

这里的合同工就像一盘散沙,没有一点横向联系。如此一来,明天开始,气氛会发生微妙的变化吗?素世心想也许不敢期望太高。每个人手里都有自己的一堆事。

里惠做着回家准备说:

"对了,中午的筑前煮好吃倒是好吃,就是口味偏重。"

"噢,是吗?"

不说也罢的话被里惠不合时宜地端了出来,现场尴尬片刻。素世看看喜代子,今后如果要光明磊落地与此人相处的话,最好不要撒谎。

"我没吃,不知道口味怎样。浜名姐,道声谢就好的事,真不要特意弄什么小菜了。这些事我真的应付不来。"

喜代子目瞪口呆地盯着素世。

"山崎小姐可真有意思。"

素世一点也不知道自己哪儿有意思。

"喜一君在家等着吧!还不快点回去!"

经素世一催,喜代子又深鞠一躬后跑出了空荡荡的客户信息室。摆放着电脑的五十张桌子毫无生气地排列在室内。

里惠抱臂胸前笑着说:

"素世真是挺有意思啊。现在我在想,跟个男的似的!连不喜欢的事也能说得清清楚楚。你要是个男的,我都想跟你谈恋爱了!"

素世也笑起来。来这里第一次做出违反规定的事后竟开心得不得了。

"我说里惠,回家路上不在沟口车站点上发泡酒什么的痛痛快快喝个够?我知道一家卖烤鸡肉串的店,特别好吃又特别便宜。"

里惠解开制服纽扣。

"好啊好啊,正好这阵子自己做饭也做够了。"

穿过一排排受到灯火管制般的电脑显示屏，两人嬉闹着走向更衣室。墙上的挂表刚过六点。想必秋日郊外依然清澈的天空该完全黑下来了吧，说不定今晚带上点醉意也不失为一桩乐事。

蔷薇门

绿森幼儿园被茂密的树林环抱着,园如其名。因红叶季节已过,树林里有一半是落光叶子的秃树,剩下的一半则是叶色暗淡的常绿树。

"为什么落叶植物的叶子那么新鲜水灵,而常绿植物的叶子却呈现黯淡的深绿色呢?"

佐仓瑞穗这样想着,拉起已经五岁的独生子大地的手走向幼儿园。这可能与变化不断的孩子的心又柔软又新鲜,而疲惫不堪的大人的心又僵硬又干燥异曲同工吧。

"啊,那儿有扇门!是扇门!门!"大地像往常一样语速极快地喊道。

他指向大门那边的小手比画着动个不停。

"那是幼儿园的门,是一扇门,一扇门。"瑞穗慢声慢气地应和道。

如果她跟着一起着慌的话,大地的语速只会不断加快。

枯叶在脚下沙沙作响。注意力最好还是别放在一件事上吧。瑞穗有意重重地落脚,让枯叶发出更响的声音。

"听,大地,多好听!"

大地两只脚有节奏地边跳边踢踏着枯叶。

"真的啊！声音好听，好听！"

瑞穗拉起儿子的手，拉开上着闩的白色大门。头顶上是半圆形拱门，白色铁丝网拱门上缠绕着藤本蔷薇。花开的时候一定很漂亮。不久将正式入冬的眼下，藤蔓上尖利的刺赫然在目。

"疼死啦！"

见大地慌忙从藤本蔷薇上缩回手，瑞穗在拱门下蹲下身查看儿子的食指。指肚上似乎并没扎进刺，按一按，冒出一滴小血珠。

"这点伤没事的！"

说着，瑞穗把儿子的手指含进嘴里，有点咸咸的血腥味。瑞穗起身走向园内楼舍，心里更紧张了。一定要稳稳地守护好这个孩子，绝对不能让他像在上一家幼儿园时那样遭到孤立。

"快走，大地！妈妈要拼上一把！"

母子俩踩踏枯叶发出的声响跟刚才已大不相同，听起来气势更足了。瑞穗将挂在肩上的包紧紧挟在腋下。

"这位是下周将转进新芽班的佐仓大地的妈妈，瑞穗女士。"

园长椎名惠美与新芽班的保育员星野由梨绘站在白板前，到场的十几位母亲围坐在会议桌边。瑞穗从自己的座位上站起，深鞠一躬。

"我姓佐仓，请多关照我家大地。"

儿子此时应该在中班教室里玩吧,但愿别第一天就闯祸。母亲们微微点头致意。已有不少白发的椎名园长该有五十六七岁了。她说:

"接下来,说说今年的圣诞聚会……"

事情不该就这样一句话带过。瑞穗轻轻举起右手:

"不好意思,打断一下,我有话要说。"

园长从鼻梁上摘下老花镜,抬眼看看瑞穗。

"什么事?嗯——佐仓太太?"

会议室里暖气足得甚至让人感觉闷热。瑞穗从大挎包里抽出打印好的材料,这是昨晚几乎彻夜未眠的她用电脑和打印机精心制作的。瑞穗将用订书机装订好的A4纸分发给新芽班的妈妈们及幼儿园园长。

"这是什么?"

园长又戴回眼镜,念出标题:

"佐仓大地是这样的孩子。"

瑞穗豁出去了,间不容发地接上话:

"请给我点时间。这本小册子是我家孩子的简介,能请您看看吗?"

彩色打印的封面上,大地骑着他最喜欢的三轮车,蹬得虎虎生风。标题呈半圆形写在画面上方。瑞穗翻开纸页开始介绍。

☆ 佐仓大地　　男　五岁
☆ 身高　　　108cm
☆ 体重　　　18kg
☆ 喜欢做的事情　画画、看《宠物小精灵》、骑三轮车
☆ 喜欢吃的东西　杂粮煎饼、牛肉火锅、煎鸡蛋

第二页上用大大的字只写了一些很普通的内容。椎名园长说：

"这好像没什么问题啊。"

瑞穗暗暗握紧了拳头。

"请翻到下一页。"

成败就从这里开始！翻动复印纸的声音响遍暖气开得太热的房间。

☆ 大地的症状　成华大学医学系横森久志先生的诊断结果：

　　大地的情况尽管属于轻度发育障碍阶段，
　　却也符合ADHD（注意缺陷多动障碍）的症状。
　　但大地的智力发育并不迟缓，能像普通孩子一样正常学习。

☆ ADHD的症状　①粗心大意　多忘事、注意力无法集

中到课业上、易受外界干扰

　　②多动　不能全神贯注、易心神不定

　　③易冲动　不守秩序、易搅扰他人

幼儿园会议室里气氛沉默凝重起来,微笑着浏览过第二页的母亲们也开始认真细读第三页了。

瑞穗开口说:

"就像简介里写的那样,我家大地有ADHD的症状。这是先天性障碍,如果这孩子闯了祸,请不要认为那是他的恶意行为或是性格及家庭教育方面的问题。"

在以前的幼儿园里,无论怎样解释,这些事也得不到大家的理解。这不是通过他本人的努力或父母教养就能解决的性格和生活习惯方面的问题,谁会把被父母提醒一下就能改善的行为称为"障碍"呢!

"虽说大地这孩子毛毛躁躁、不够安稳,但他绝非心术不正。大地说不定什么时候会给新芽班的孩子们和妈妈们添麻烦,请一定多多体谅!"

瑞穗深鞠一躬,额头几乎撞到桌上,同时在心里对自己说:决不能掉下泪来! 这时,从会议桌边传来一个冷冷的声音:

"我说几句,可以吗?"有些雄浑的低沉女声响起。

椎名园长叫出说话人姓名:

"大久保太太,请吧。"

这位大块头的妈妈穿着横条纹长袖T恤衫,短发染成了近乎金黄色。

"看过简介了,有必要来这套吗?这不是像一上来就先辩解开了?要是我家孩子捅了娄子,请特别宽大处理——不是这个意思吗!"

坐在这位高个子母亲左右的家长纷纷使劲儿点头附和。哪个班都有这么一位带头的妈妈非常强势地影响着周围的人,新芽班妈妈中的老大看来就是这位名叫大久保的母亲了。

"不,不是这个意思。孩子们之间的人际关系一旦恶化就很难修复……"

瑞穗脑门儿上冒出汗来。难的不光是孩子,大人们更顽固,只讲自己的理,麻烦事多着呢。

"……我觉得,事先有所了解才能防患于未然。如果让您感到不快,那我向您道歉,但请体谅我家孩子的病症。因为这件事,孩子自己也非常苦恼。拜托您了!"

瑞穗再次低下头。这时,响起咚咚的敲门声。一个年轻的保育员探头进来说:

"星野老师方便吗?大地君闹起来了。"

会议室的空气一下子冷却下来。

新芽班的保育员说:

"知道了,马上过去。"

瑞穗说:

"需要我也去吗?"

"不必了,这么要紧的事还没说完,请妈妈们留在这里。"

坐在大久保身边的一位妈妈举手说:

"大地君真没问题吗?简介里写的倒只是心神不定、不守秩序,但他不会撒野捣乱吗?我家是女孩,这可真让人不放心啊!"

瑞穗的一半心思飞去了大地所在的教室。虽说儿子闯祸并不稀奇,可这次最不合时宜。但此时此地决不能退缩,能守护大地的,只有身为母亲的自己。

"大地不会撒野捣乱!在以前的幼儿园里也是,虽然会吵个嘴什么的,但弄伤小朋友的事从来都没有。"

大地被三个孩子合伙欺负且受了伤的事,瑞穗并没声张。日本至今仍存在校园霸凌现象,而且有谴责遭受欺辱的被害者的倾向。

椎名园长说:

"招收佐仓大地君入本园的决定已经通过,我也十分理解大地妈妈坚决的态度。我觉得这次是个好机会,看看我们这些大人能从患有障碍的大地君身上学到多少东西。可能偶尔会给新芽班的妈妈们添些麻烦,请多多包涵。"

接下来,妈妈会议转向了下一个议题。开完会,十几位母亲分成了两大阵营。以大久保美咲为中心的一帮人早早地走出了会议室,有人在走廊上像是有意让室内的人听到似的大声说:

"把自家孩子的病吵吵得无人不知,这个当妈的可真不一般啊！"

"孩子真没问题倒也罢了。"

"一开始就应该警惕起来！"

瑞穗气得浑身哆嗦，但她拼命将怒火压在心中。其余的妈妈们则围在瑞穗身边。一位穿白毛衣的妈妈说：

"我叫冈田麻衣。千万别把那些人的话放在心上。她们动不动就对幼儿园的安排发牢骚，尤其要小心大久保太太。她那家人，妈妈和儿子都很有攻击性。她儿子名叫快人，野蛮无理，还爱欺负人。"

另一位妈妈说：

"是真的，这家幼儿园的妈妈们并不都那么想。我们支持佐仓太太！能把大地君的症状完全公开，佐仓太太真了不起！"

"是啊！是啊！"

走到哪里都有人能够理解自己，瑞穗感觉刚才的怒气已消失殆尽，并有暖暖的热泪从眼底涌上来。瑞穗掩饰住泪水向周围的妈妈们鞠躬致谢。

两个男孩正在铺着木地板的教室一角罚站。

看到被星野老师领进来的瑞穗，大地一脸尴尬。人倒是老老实实在原地待着，右腿却抖个不停。

"怎么啦，大地？今天是来幼儿园的第一天，不是说好要跟小朋友们好好玩嘛！"

这是一周来不厌其烦地教给他的。转校生第一天给人的印象非常关键。瑞穗将手放在五岁儿子的肩上,紧盯着他的眼睛,但她很难跟大地有眼神交流。尽管已经习以为常,但此时瑞穗仍难受得不行。

"可是快人君……"

大地说话时仍将脸偏向一边。

"一闯祸就怨别人可不行啊!"

星野老师插话说:

"好啦好啦,请别那么严厉啦。今天是第一天,孩子可能有点紧张。不批评了。大地君、快人君,握手和好吧!来,握握手,两人还是好朋友!"

保育员抓起两个男孩的手硬生生地握在一起。

"快人,又打架啦?"

这大嗓门儿是大久保美咲的。个子比大地高出半个头的男孩一哆嗦,在原地轻轻跳了一下,垂下脑袋。星野老师还没来得及制止,拳头已落到了快人头上。

"快!道歉!"

"对不起!"

快人重重地鞠了一躬。美咲对瑞穗和大地视若无睹,拉起儿子的手就出了教室,也没向班主任星野老师说再见。吃惊不小的瑞穗客气地行礼后离开现场。

出来的路上,瑞穗穿过院子时问:

"怎么偏偏跟大久保太太的儿子打架？"

大地将手织围巾在脖子上缠了三圈，哈着白气说：

"快人君跟我一样。"

那孩子跟大地一样是 ADHD？瑞穗心里乱糟糟的。

"为什么这么说？"

"他老是急急忙忙地动个不停，一有做不好的事就捣乱、对小朋友们发脾气。"

瑞穗在大地身前蹲下。

"但大地不捣乱、不发脾气，对吧？"

"嗯，不那样。可快人君也是自己管不住自己才那样的，所以我就可怜他，我就去找他，结果打起来啦。"

原来是这样啊！大地还小，所以凭直觉就以为快人跟自己一样。常有人将某些孩子过分的调皮与 ADHD 患儿混为一谈。连专家都难做出的诊断，一个五岁的孩童怎可能看明白！

"知道啦，大地。以后别跟快人君靠得太近，这家幼儿园也不喜欢惹事的孩子，大地听见了吗？"

大地晃着腿，眼睛看着远处的蔷薇门，精神头十足地点头说：

"听见啦！不跟快人君靠太近。可是妈妈，快人君跟我一样啊！"

这一点最好也反复叮嘱他几次。瑞穗竖起食指，贴在儿子厚厚软软的唇上：

"听好,就算大地这样认为,也不许对别人说。说定了? 来,跟妈妈拉钩!"

两人小指勾在一起,飞快地使劲儿摇手拉钩,然后在节奏感强烈的枯叶声中,走出了幼儿园。

第二天,新幼儿园的生活开始了。

大地似乎很顺利地融入了孩子们当中。每次瑞穗去接他,从星野老师那里听到的都是大地跟几乎所有孩子都交了朋友。只有一个孩子例外,不出瑞穗所料,这孩子就是大久保快人。

当然不可能不出一点问题,但至少不像在以前的幼儿园那样。妈妈们不再争相将大地当作问题儿童来对待这一点,就让瑞穗轻松不少。

遗憾的是,安稳的日子连两周都没坚持下来。这一天,阴沉的天空中飞舞着小雪,瑞穗刚到绿森幼儿园,星野老师就小跑过来。

"大地君妈妈,来,这边来!"

瑞穗被领进的不是新芽班教室,而是一间小医务室。消毒药水的气味跟瑞穗小时候记忆中的一模一样。大地坐在白色诊察台上,两条腿在快速地踢来荡去。

"大地,怎么啦?"

大地右眼旁边贴着块湿布。可能他直到刚才还在哭,眼睛也红红的。儿子默不作声,一言不发。星野老师代他答道:

"一言难尽啊,像是又跟快人君为什么事争执起来了。"

想起那个又高又壮的孩子,瑞穗提心吊胆地问:

"打架了?我家孩子挑的事?"

"不是不是。是打完架和好后出的事,快人君抡起的木头积木边划到大地君眼眶上了。"

这样说来,很可能是有意识的行为。

"大地对快人君还手了还是怎么了?"

"没有,快人君没伤着。"

那就是单方面被打了。瑞穗想起那个妈妈的冷言冷语,火渐渐冒了上来。瑞穗拉起大地的手说:

"去教室,大地!妈妈有话要跟快人君说。"

瑞穗穿过阴冷的走廊向新芽班教室冲去。星野老师的脚步声在身后跟上来,瑞穗也不管不顾。她并非感情用事,而是要把问题说清楚。瑞穗没意识到,尽管自己心里这样说,但情绪波动已相当严重。

教室里传来妈妈们的笑声。美咲像是开了个玩笑,那些追随她的妈妈肯定在陪着她笑吧。瑞穗气冲冲地拉开门,径直走向以美咲为中心的妈妈团并将大地推向前。

"大久保太太,听说快人君跟大地打架了。本来都和好了,和好之后大地又被快人君打了。"

瑞穗蹲下,慢慢把大地脸上的湿布揭下来,眼睛旁边起了块青。美咲周围的妈妈们吓得大气不敢出。不知不觉间,反美咲集团的妈妈们集中到了瑞穗的身后。美咲问自己的儿子：

"真是快人打的？"

身穿皱巴巴的牛仔夹克的男孩垂下眼一声不吭地点点头。瑞穗身后的妈妈们炸了锅。

"我家孩子也被快人君弄伤过！老是安稳不下来、撒野捣乱的，不是大地君，而是快人君吧！"

当班的保育员开始只是不知所措地远远观望着事态的发展，后来可能意识到自己难以平息这场争执，便飞奔而出。肯定是去喊园长了吧。

又有妈妈说：

"人家便当里的菜爱怎么吃就怎么吃，别的小朋友玩的时候硬塞进来，惹是生非的是快人君啊！"

平常极少提意见的一位和善的妈妈说：

"大久保太太，最好正儿八经地跟佐仓太太道声歉！虽然总说男孩子调皮没办法，大地君的眼睛可伤得不轻啊，要是偏上几厘米，说不定就伤到眼球了呢！"

不知什么时候起，暖暖的教室里，美咲成了孤家寡人。围着她的人已一点点拉开距离。

"快！老老实实道个歉！"

"道歉呀！"

"也要对我家孩子道歉！"

此前让妈妈们忍无可忍的事情大概在她们心里郁积了不

少,事态渐渐发展成集体声讨美咲了。瑞穗的心情并没平复下来,今天一定要让她在这里真心道歉!那样一来,大地的幼儿园生活肯定会更加快乐。为此,自己打算扮演恶人角色。瑞穗声音冷静地又用力加了把劲儿:

"不要向我道歉,请对大地道歉!"

美咲脸色苍白,快人眼里含泪盯着妈妈。就差一点儿了,一定要拿下她!

瑞穗正心急时,一直不停地晃着腿的儿子高声叫起来:

"都别吵啦!欺负快人君可不行!"

瑞穗慌忙说:

"大地说什么?别出声!"

儿子的脑袋摇得像个拨浪鼓:

"眼已经不疼了。我知道快人君不是故意的!欺负他可不行!"

不是故意的?什么意思?

"大地怎么知道快人君不是故意的?"

这次大地又飞快地使劲儿点头:

"嗯,知道!知道!就是知道!因为我在摆积木那个地方嘛!快人君不是想捣乱才捣乱的,他是怎么都管不住自己,跟我一样嘛!"

最后这句话让教室里的气氛陡然一变。大地说快人跟患有ADHD的自己一样。

"告诉过你不许说这话吧!"

大地手舞足蹈地全身都不安分起来:

"可我就是知道!在横森先生那里见过好几个得这种病的小朋友,所以我就是知道嘛!快人君跟我一样!"

大地走向快要哭出来的快人,轻轻把手搭在后者肩上,眼睛却仍在东张西望。大地柔声细气地说:

"快人君,自己跟大家不一样很难受吧?我也一直奇怪,为什么大家说我不对劲儿,为什么不能跟大家一起游戏、学习呢?很害怕很害怕啊。"

高个子男孩像是再也忍不住了,他放声大哭起来。大久保美咲跪下来紧紧抱住快人,带着哭腔说:

"对不起,快人。妈妈也一直担心你。说话晚、怎么提醒都丢三落四、捣起乱来就停不下。我一直害怕得要命。对不起啊,妈妈光想着回避问题了。"

美咲站起来,向瑞穗深鞠一躬:

"对不起!"

教室里的空气一下子轻松起来。快人抱住妈妈的腿,美咲用手轻轻地抚摸着儿子的头发。

"我以前也怀疑会不会是 ADHD,可无论如何都不敢正视这个问题,不愿承认我家孩子得了这种病。那份简介对我触动很大,我打心底里佩服佐仓太太的坚强,可又有抵触情绪。"

大地不停地跳着:

"怎么样？我就说嘛！快人君跟我一样！一个班里有个得一样病的朋友,太棒啦！"

瑞穗将目光转向多动的儿子,心中漾起自豪的同时,眼前已模糊得看不清大地了。瑞穗不想在众人面前落泪,慌忙用指尖拭去泪水。

美咲说：

"佐仓太太,能把成华大学的横森先生介绍给我吗？"

"嗯,没问题,大久保太太。"

瑞穗怎么也抑制不住涌出的泪水。大地一边像玩蹦床似的跳着一边嚷嚷：

"妈妈,怎么交新朋友还哭呢？这时候该笑吧！快,笑笑！妈妈笑笑,快人君笑笑,快人君的妈妈也笑笑,大家都笑笑！"

周围的妈妈们早就陪着掉眼泪了,大地的话让妈妈们边哭边互相指着对方的哭相又嬉笑起来。越来越响亮的笑声,让十二月的中班教室充满了温暖的气息。

开始工作

睁开眼看到的是白布吊顶天花板。

一月七日星期一,早晨卧室内的空气像冰箱里一般寂静无声。单身一族住的单间公寓里,中山秀则在床上胎儿似的蜷缩着身子。一觉醒来,胃猛地收紧,随即疼痛难当。

"真难受,不想去上班。"

新年休假期间,并没有胃痛及全身的倦怠感。年后要开始工作了,各种不适症状随之卷土重来。精神内科的医生说,这是自律神经失调症,不过秀则自己并未把它当作一种病。

"怎么会弄成这样?"

秀则双手按住胃部,在羽绒被下暖暖的黑暗中回忆起两个月前发生的一幕,所有这一切都始于那个时候。

秀则从一所颇有实力的私立大学毕业后,好不容易混进了一家大型印刷公司。大学时代的秀则算不上勤奋用功,所以在就职方面也没什么优势。说起五年前,那还是就业冰河期最严重的时候,录用结果发布出来,连秀则自己都吃了一惊。

秀则被分配在营销部,但并非被誉为明星部门的第一营销部。第一营销部是只负责交易额巨大的大企业和出版社的业务的部门。与此不同,秀则所在的第二营销部要接待无数中小企业客户,由此获得了"污沟清道夫二营"的别号。

跟客户面谈、接待等工作排满了每天的日程本。除一天五六场面谈之外,串酒馆接待也并不少见。秀则是在通货紧缩的萧条时期参加工作成为社会一员的,因此切身感受到了正式工享有的优厚待遇。大学时成绩比自己好得多的朋友干的却是 one call worker①——非正规的外派日工,听他说起来,根本就是份不带工伤和健康保险的当天雇当天炒的没有任何保障的活儿。

当然,秀则并没优秀到出类拔萃的程度,因此他对待所有工作都投入了同样的热情与细心。对印制小企业专用的带公司名的信封、信纸这种仅有几万块钱利润的小业务,秀则也一丝不苟地安排妥当。一出问题,秀则就提着简单的礼品分别到客户和工厂那里点头哈腰地赔礼道歉。对此也有前辈说过,印刷公司营销骨干其实就是个在不合理的订单安排跟工厂的生产日程间受夹板气的人。

最初四年,虽说干得很吃力,倒也平安无事地坚持了下来,异常状况出现在去年秋末。至于原因,秀则自己也一头雾水。

---

① one call worker:日式英语,从事以一天为计薪单位的人,通过电话、传真、电子邮件等方式接受雇主安排并直接被派往工作地点工作。

秀则觉得自己已经习惯了这份工作,一切都进展顺利。存款不多,至少也攒了一些;跟女友濑崎真理惠交往一年半了,关系平稳。照这势头发展下去,结婚应该不成问题,秀则在心里描绘过尚不清晰的未来。

那天是文化节①。快十一点时,门铃响起来。有约会时,真理惠总是先来靠近市中心的秀则的公寓。

打开玄关门,身穿冬款新外套的真理惠一脸惊讶地问:

"秀君怎么还穿着睡衣?"

真理惠外套领部带有蓬松柔软的白色兔毛。

"啊,不好意思,感觉最近一到休假日身子就发懒。"

"今晚不是要去看演唱会吗?你身体能行吗?"

真理惠在狭窄的玄关像要把秀则推开似的挤进屋子,担心好像只挂在口头上。演唱会是一个英国女歌手开的,秀则完全不熟悉她,但也买了票陪真理惠一起去。

"记着。可不知怎的,真是浑身没劲儿啊。"

秀则又坐到床上,光是站着就累得不行。

"不发烧吧?"

真理惠伸手摸摸秀则的额头。秀则感到真理惠指尖有一丝温热。真理惠惊叫起来:

"别说发烧了,一点儿热乎气都没有!我这寒性体质的人摸

---

① 文化节:日本传统节日,定于每年11月3日。

着,指头都觉得凉啊!"

身子软成这样,竟然不发烧?怎么回事呢?秀则呆呆地发起了愣。真理惠找出塞在餐具架上的急救箱,那是保险公司免费赠送的。真理惠翻出电子体温计插在秀则腋下。

"真奇怪啊,秀君,身子也是凉的。最近有不少男人也是寒性体质啊。"

从小时候起不从被窝里伸出脚来就热得几乎睡不着的秀则,从来没觉得自己是寒性体质。

"唉,不知道是什么原因。"

三十秒只是一瞬间。电子音鸣响,真理惠抽出体温计看看数字,皱起眉头:

"咦?温度计出毛病了?"

秀则跟大多数男人一样,对自己的病情没什么承受力,他马上不安起来:

"怎么样?多少摄氏度?"

真理惠边将电子体温计归零边说:

"三十三点六摄氏度。这要说是夏天的气温倒能相信,可这也不是人的体温呀!"

体温低得出奇。又量了一次,还是只有三十三摄氏度左右。意识到自己的身体状况有多糟后,秀则甚至下不了床了。结果,那天直到傍晚都在床上翻来覆去,最后好歹把沉重的身体拖去了演唱会现场。跟真理惠约会通常会搂搂抱抱亲热一番,但那天连爱都没做。秀则觉得欲望也随体温冷却了下来。

两人在地铁站台分手。银色的电车轰鸣着滑行过来。真理惠摆摆手说:

"演唱会不错吧!能跟秀君一起听真开心!多注意身体,有什么事的话,明天歇着吧!"

秀则心想:跟公司请假?开什么玩笑!歇着?岂有此理!秀则撑着疲惫的身体,勉强挤出个笑脸:

"没事,不要紧。等周末有了精神,连今天该干的一起干了!"

真理惠脸上微微一红。交往一年半,两人开始相互熟悉对方的身体了。

"很期待哦,再见!"

"嗯,周日见!"

秀则笑着扬扬手。关闭的车门玻璃窗上映出一个脸色煞白、幽灵般的男子的面容。看着电车启动驶向郊外时,秀则已经站不稳了,他瘫倒似的在离自己最近的站台长椅上坐下,闭着眼喘了三十分钟粗气后才再次站立起来。

秀则没能遵守跟真理惠的约定。整个十一月,每到周末,他的身体就极不舒坦。平日里好歹还能振作精神完成工作,公休日则怎么也撑不住。早晨醒来,连下床的气力都没有。

难得的周末,却只能让真理惠在单身公寓里拥挤的床边度过。秀则很过意不去,可身体沉得简直不像自己的。真理惠干脆从附近超市买来食材,动手做起能增加营养的饭菜。时不时做做能让身体发热的炖锅、肉质厚实的烤里脊等。可惜,跟其他欲望一样,食欲也从秀则身上消退得干干净净。不管往嘴里塞什么,都觉得不好吃。

就这样过了三周,真理惠提议说:

"哎,我看这不像一般的疲劳啊,秀君,去让大夫看看吧?"

真理惠正在迷你厨房里处理几乎没碰过的豆腐和猪五花肉韩式汤锅,秀则仍在其固定位置——床上。

"嗯,那就得请半天假。"

真理惠抬起头,表情严肃地盯着秀则。

"又说公司?有健康才有工作,不是吗!秀君,自己照照镜子吧!脸白得像复印纸!"

这一点他自己也心知肚明。同样是白,却并非透着血色的北国少女那种温润的白,而是像喝了漂白剂似的带着青头的冷森森的白。

"知道啦……"

秀则再无应答之言。去看医生也好,请半天假也罢,秀则都嫌麻烦。身体状况这么糟,他心里也害怕去医院。真理惠用毛巾擦干手,走过来在床边跪下,抬头盯着秀则,眼神异常坚定。

"我真的很为秀君担心。有时候夜里睡不着,生怕你得了什么可怕的病。我知道你们公司忙,请假确实不容易,但只不过半天吧!去跟大夫好好说说,彻底检查检查!"

秀则不再嘴硬,憋出了一句玩笑话:

"要是得了绝症,真理惠怎么办?"

真理惠平和的目光严厉起来:

"别闹!真那样,你知道我会怎么办,不是吗?我会一直陪着秀君到最后一刻!"

电视剧里,这样的台词再普通不过。然而被她身前身后地照顾了一整天后,秀则根本无法冷静地听进这些话。最近连着三个周末都是在这间屋里度过,秀则沉不住气了。

"好吧!明天上午去看医生!"

"谢谢秀君。"

真理惠含泪贴近前来,可即便抱着她滚烫的身体,秀则心底也生不出丝毫欲望。自己的身体到底怎么了?才二十来岁啊!却像经历过长期艰苦劳作的老人,彻底累趴下了。秀则心慌得要命。自己究竟怎么了?

上班路上有所大学附属医院,医院设施完备,甚至设有酒店大堂般的候诊室。秀则认为自己只是因劳累造成的状态不佳,便决定去内科看看。

在大约一个半小时的等待时间里,秀则悠闲地坐在长椅上看文库本小说打发时光。学生时代的他很爱看书,但踏入社会后基本上不再看了。包括眼下拿在手里的这本,五年来的阅读量大概还只是个位数!日本社会要求劳动者付出一切,秀则心底生出切肤之感。可一旦辞职,在这等级差别严重的社会里就只能找到薪资更低的工作了。他已陷入一个无法逃脱的怪圈中。

小说最后的高潮即将到来时,秀则的名字被叫到了。一进诊察室,身穿白衣的中年医生就目不转睛地观察秀则的神态。

"您怎么啦?"

"每天都乏得不行,早晨起不了床。工作勉强能应付下来,可休息日一躺就是一整天。另外,体温只有三十三摄氏度。"

医生一边在病历上刷刷地写着什么一边问:

"夜里能睡得着吗?"

"有时候能,有时候不能。"

"哦,是吗?"内科医生点点头,"那先量量体温和血压吧。"

体温还是三十三点六摄氏度。至于血压,高压也不过 100。医生又在病历上写了些什么,像是很为难地说:

"可以接着做精密检查吗?有可能是什么罕见的血液病或是心脏病呢。"

医生似乎有了什么发现。秀则也不知该如何回答。

"啊?到底是什么病?"

"您工作忙吗?"

秀则想想印刷公司的日常工作,算是比普通差事更忙吗?

"忙,日本企业几乎都让员工拼命工作。"

"加班多吗?"

每个月加班时间超过一百小时并不罕见。秀则保守地说:

"相当多。"

"是吗？这样的话，别在我们科查了，稍后去精神内科看看吧。最近跑来诉苦的公司职员非常多，大都是那方面的问题。"

精神内科？这一点秀则倒没想到。

"那方面是哪方面？"

"精神紧张导致的身体异常。出现睡眠不良、血压低、体温低等症状，多是自律神经在提意见。"

秀则浑身无力地坐在塑料圆椅上动也不动。这样一来，到公司得再晚两个小时。

医生点点头说：

"我提前把病历转到精神内科去，尽量要求早些排号，工作方面，请您不要太勉强。"

从椅子上站起时，秀则像全身散了架似的，还伴随着轻微的眩晕。

"给您添麻烦了，非常感谢！"

秀则又在候诊室待了一个小时，文库本彻底读完了。其间在医院食堂买的天妇罗面只吃了一半。可能因为油不怎么好，平时喜欢吃的炸小虾嚼在嘴里也觉得没滋味。难道连味觉都出现问题了？

在当天第二次进的诊察室里，医生给出了"自律神经失调症"的诊断。这是一种自己过度压抑、日常生活压力过大，给身体带来各种症状的精神类疾病。

"自律神经失调症患者在上班族中约占一半,并不罕见。"蓄着胡须面色黯淡的医生说。

"就给您开自律神经调整剂和抗不安剂吧!最关键的是不要过度压抑,适度释放工作中的压力。"

公司的工作真的给他那么大的压力吗?

医生说出一番令秀则意想不到的话:

"知道什么叫精神压力?"

秀则对精神医学用语一窍不通,只好老老实实地回答:

"不知道。"

医生像要抓起下巴上的胡子梢似的说:

"精神压力就是明知有生命危险却不能从险境中逃脱的动物所感受到的那种痛苦。"

秀则脑中现出一条被链子拴住的狗,一头狮子模样的猛兽正步步逼近它。原地不动只能被咬死,想逃却又无处可逃。想必它一定承受着巨大的恐惧与痛苦吧。

医生像是轻轻放过了一个小生命似的说:

"所以说,中山先生,有时候逃避一下也不坏嘛!"

秀则大吃一惊,莫非自己的心思被他看透了?

"逃避狮子?"

医生一脸不解:

"不,不是狮子,是工作。这种病,完美主义者、过于认真的人最容易得。自己不加把劲儿，工作就没有进展。一旦认定这个死理儿，就不加变通地挤对自己，而这种精神压力，就是通过自律神经的异常表现出来的。"

"……知道了。"

秀则暗想，自己绝非工作得最凶最猛的那种类型的员工。即便这样，他也拼到让身体出现异常的地步了吗？他身边多数营销部职员都是在同等严苛的条件下工作着啊。

秀则无论如何也记不起自己是怎样离开医院，怎样在附近的药店取了药，又是怎样坐上地铁到达公司的。

进入十二月的最初一周，秀则好歹在周末才耗尽能量。医生的处方药似乎起了一定作用，从周末的静卧不动中也恢复了一些体力。然而可能是因为医生提示过的关系吧，秀则现在能够直接感受到工作压力了。此前并没当回事的客户接待任务及熬到半夜的加班，突然变得无法承受起来。

每逢这时，秀则不断感到头晕、恶心及全身疲倦。体内像开了个洞，自己仿佛要被吸进那深不见底的洞里去。严重的时候，甚至在桌边的椅子上都坐不住。不在接待间沙发上躺下休息一会儿，工作都继续不下去。

秀则向直属上司提出休假要求是在翻越了年末总动员这座大山后的十二月十日。主管对部下身体欠安表示理解，并很痛快地批准秀则一周的带薪休假。

星期一，休假头一天，秀则独自在银座散步并欣赏了路演。回家路上经过书店，买了很多假期里要看的书。吃过拉面和饺子、喝了一小瓶啤酒后回到住处，他的手脚冰凉、起身眩晕等症状都已不见，自律神经似乎完全恢复正常了。

读书、去附近的家庭餐厅、晚上看租来的DVD。直到第三天，秀则简直像上了天堂。他想，唯独自己能如此优雅地度过忙得不可开交的十二月！而且还是带薪休假，薪水也有保障。

然而，一到星期天，秀则的心情突然急转直下。此前几乎从未有过的疲劳感让秀则倒在床上动弹不得。因为没有食欲，一整天都躺着没动。除了去洗手间、从冰箱里拽出矿泉水喝，别的什么也做不成，秀则蒙着被子对前来探望的真理惠说："你快回去吧！"

第二天临近回公司上班时，秀则的健康状况跌落到了最低谷。

秀则的休假直接被切换为长期修养模式。

从医生那里要来自律神经失调症的诊断书后，这次的休假得以改为休满整个十二月。秀则的症状时好时坏。跟带薪休假时不同，现在身体在休养，心里却不安生，感觉像被同期的朋友们甩下似的。不知多少次，秀则甚至胡思乱想，难道自己已经做不成公司职员了？

过年回了趟静冈市的老家，其间没提公司的情况。五号星期六返回东京。星期天跟真理惠约会,好久没这么开心地迎来夜晚了。他俩没发生肉体关系,只是穿着衣服上床搂抱在一起。那天夜里,秀则服过比平常更多的安眠药睡下了。

白布吊顶的天花板没有丝毫变化。秀则暗忖:
"今天不开始工作的话,自己可能就无法再回公司了。"
当然,思忖这些时,他的心里并没特别悲怆,只是在很自然地思考。但这一定是事实吧! 今天不成,就不会再有明天了。他将不得不从这家好不容易才应聘上的公司辞职。

这是极为可怕的瞬间。被链子拴住的狗面对食肉猛兽的利齿时,大概就是这种感受。当然,绝对不能就这么一动不动地将一切弃之不顾。

"别多想! 别害怕! 别停下! "
秀则不假思索地行动起来。洗脸、刷牙、穿上从洗衣店取回的衬衣。胳膊伸进西装袖筒,穿好前一天擦亮的鞋。因为没有食欲,早餐就免了,光喝了咖啡。

沿上下班走的老路奔向地铁站,边走边哈出白气。众多跟自己别无二致的公司职员也都涌向车站。体味着公司职员这一生存方式的沉重与痛苦,秀则眼中差点涌上泪水。无论谁的人生,注定都跟自己一样艰辛难熬。

在走下地铁站台的台阶上,秀则休息了一会儿。秀则抓紧不锈钢扶手,在楼梯平台上停下脚步。这时,他的脑袋里如闪电般闪过一个念头：

"此前,我一直过于迎合周围的气氛,过于勉强自己了!"

许许多多的公司职员走到了秀则前面。秀则忍住眩晕,低头盯着自己的脚尖。

"今后要善待自己!别再期待自己工作尽善尽美!害怕的时候,就向周围的人发出 SOS 信号!"

起初,秀则的声音很微弱:

"能行……能行……"

伴随着心脏的跳动,给自己打气的声音也响亮起来:

"我一定能行!"

秀则从楼梯平台上抬起头,冬日的朝阳在台阶上露出笑脸。公司职员们接二连三地走下台阶。在秀则看来,他们像是冲向战场的兵士。

"我也是这些勇敢的人中的一员!"

秀则一阶一阶地走下楼梯,走向休了近一个月假的公司。脚下还在颤抖,但在到达公司前,秀则无须再休息了。

四月送别会

跟几乎所有应届毕业生一样,成濑哲也无比激动地成了社会一员。崭新的深蓝色西装、新皮鞋、新公务包。长发剪短,干劲儿足得不输任何人。遗憾的是,刚过两周,哲也心底的希望就彻底破灭了。

四月一日,几乎所有的报纸和杂志都在大谈特谈新职员的心得体会:来切身感受职场氛围!每天早晨要做出一天的计划表!要从大局出发把握工作进程!不明白的地方要不断问!而且最后大多被这样概括总结:新职员还不能为公司带来利润,因此,至少应在公司待满五年以报答恩情。另外,要掌握职业技能,无论哪个行业都差不多要花上这些时间。

忠告句句入情入理。哲也心里很清楚,自己也确实什么都不会。哲也甚至把一位心仪作家的散文剪切下来夹进文件夹。不过,公司这地方,从外部看到的和从内部看到的截然不同。

将哲也作为正式员工录用的是一家不大的广告代理公司。广告业被两家顶级公司垄断瓜分,哲也供职的 Commons 策划公司排在行业后二十名左右的固定位置上。没资格为一流客户做宣传,主要受理其他多如牛毛的小微广告。

跟多数广告从业人员一样,哲也同样力求有自己的原创作品。然而从被分配到营销部开始,就像是走上了岔道。根本没经过资格考核,差事完全是凭楼盘施工现场监工模样的社长面试时的印象分派的。哲也因"问好声音响亮"这一现实理由被安排去了营销部。

哲也的工作就是将报纸杂志的广告栏填满。报纸是以职业棒球比赛结果、演艺圈八卦为卖点的报纸,杂志则是靠黑道新闻、捕风捉影的花边新闻撑起版面的大众周刊杂志。需要实实在在地挨门逐户走访客户的营销工作正等着新职员的到来。

"喂,成濑!去茶馆歇会儿!"

距公司所在地新桥站前稍远点的地方有间茶馆,是家怎么看都不像咖啡厅的老店。深红色天鹅绒沙发奇软无比,地板一角安放着一台哲也出生前发售的衣柜般巨大的音箱,音箱里流淌出来的是柴可夫斯基的《小提琴协奏曲》。

前田主任两腿呈直角打开,仰靠在沙发上,老套路的怠工又开始了。主任对工作似乎已完全没了热情。

"你最好也趁早规划一下自己的职业生涯。"

主任三十岁出头,身上穿着涤纶混纺西装,这种面料唯一的好处就是不易起皱。据说他还是单身。前田从黑色合成皮革包里掏出本参考书。

"自己的生活要靠自己守护!"

为取得不动产估价师资格,哲也的这位培训指导员正在努力学习。简单应付完三天研修后,哲也一直跟前田一起跑营销。从早到晚出门在外一整天,真正去客户那里露面的时间差不多仅占工作时间的三分之一。剩下的时间就这样,或在茶馆里消磨时间,或进单间录像厅,或去公园等不怎么花钱的地方,无所事事地发呆。

对已谈妥的客户,营销担当能将关系维护到这种程度已算足够尽职尽责。上面并没要求开发新客源,即便薪资低点,这么吊儿郎当的也算是个惬意无比的美差了。

哲也开始看放在茶馆里的杂志和漫画,这家店不光座椅舒服,这点也颇受外勤一族的好评,一过上午十点,周围的沙发就几乎被外勤业务员坐满了。

如果这样都能领到薪水,没准儿这么干下去也不赖。不可思议的是,公司方面对出工不出力的员工并没什么不满。只是与哲也想象中的广告工作有着天壤之别。在营销部混上几年,真能像散文里说的那样学到职业技能吗?十年后的自己会不会像眼前的前辈这样拼命学习以考取其他行业的从业资格呢?哲也对自己所处的境况难以做出准确判断。

前田很响地啜着不怎么烫了的咖啡。

"内山部长那马屁拍得真让人恶心。"

这位前辈说上司坏话倒是很稀罕。前田相当冷淡地跟职场氛围保持着距离,基本就是漠不关心。就连说坏话都觉得胸口发堵,哲也能感到那种冷冷的憎恶。

没多少职位的中小企业就是这样,内山已在部长位子上待了五六年。

前田嘲讽地说:

"说到底,要在这种混账公司出人头地,就得学会见风使舵、翻脸不认人。"

最好多少附和几句。哲也态度暧昧地应声道:

"啊,说的是啊!"

"那次营销会议,你不也见识过了?"

的确大开眼界。就因社长一句话,部长将部里全员通过的方案彻底推翻的场面,哲也只在电视剧里见过。以前还以为剧作家们为使剧情新颖独特才那样写,目睹一个人如此翻云覆雨八面玲珑,哲也除了震惊还是震惊。

前田一脸腻烦地说:

"说实话,部长并非一味讨好社长才说变就变的。他是打心底里坚信自己是错的,而上面说的一切都对!所以才能那么彻底地把自己的想法抛得干干净净。在像咱这样的公司里,不这么搞就永无出头之日!"

会拍社长马屁的一干人等,无一例外地占据着公司要职。跟一线员工不同,公司高层抱团抱得更紧密。

"可怜你刚刚就业啊,最好也多打算打算下一步该怎么走,以便能随时逃出这个鬼地方,咱公司可是基本上不涨工资啊!"

"噢——"

如果这位前辈在营销部里只是个别不务正业的混混倒还说得过去,可悲的是部里几乎所有成员都跟前田一样无心工作。前田并不是要打击新职员的积极性才净唠叨这些,他只不过是把平时跟同辈营销人员聊的东西原原本本地转述给哲也而已。

尽管如此,这位培训指导员为求自保,在上司面前也是战战兢兢、如履薄冰。哲也像是看到了一个入职混账公司的混账员工的最佳范例,心里大为失落。

所有人都希望满满地迎来阳光之春,哲也的心却冷冻了起来。

"成濑,你那边怎样?"同期进公司的谷原功治在吧台上托着腮问。

这家酒吧不在新桥,而是地处青山。进入社会后,令哲也感到深感不可思议的是,自己大都在公司所在地附近喝酒,而同期以外的人也几乎没有特意从新桥赶来青山的。

"一言难尽啊!前田前辈心里只有不动产估价师,满嘴净是公司的不是,每天一起干活儿真是烦透了!"

功治点点头,他也阴着脸。

"唉,咱公司嘛!没办法,真丧气!"

一个月前还是学生的这些人,已将自己与公司捆绑在一起看问题了。哲也心想,这就是成熟的标志吗?人处在什么样的立场上,就会说出什么样的话吧!

"说起来,谷原,你还不错吧!跟永井先生编在一组。"

永井在营销部因积极能干而小有名气。不光是在客户口中口碑好业绩高,他还常为保护部下而顶撞上司,并对社长直言不讳。他因为有骨气这一点颇受赞赏,反而博得了社长的信任。

"倒也真是,这一点比成濑你可强多啦!要是部长不是内山先生而是永井前辈就好了,那样一来,营销部肯定要亮堂许多!"

感觉很奇怪,动不动就对公司的人事安排说长道短。哲也又要了一份金汤力。他跟公司同事出来喝酒,一般都点烧酒,鸡尾酒有日子没沾了。

"唉,真烦人啊!"

"怎么啦?"

哲也将食指伸进盛着金汤力的酒杯里,哗啦哗啦地搅动冰块,凉凉的酒让带有热度的指尖很舒服。

"经常琢磨,很不甘心啊,难道真的像前田前辈说的那样:自己也好,公司也罢,没有未来可言?"

谷原在吧凳上扭过身子盯着哲也。重新打量这家伙,看起来老实正直,跟广告代理商的身份很不相符。谷原的语气突然严肃起来:

"你这是要辞职?"

哲也支支吾吾语焉不详。夜不能寐时,躺在床上考虑过这个问题。不过,自己在心里盘算跟对什么人说出来还是有区别的。在公司里,即便对方是同期入职的人,也不可能什么事都随随便便说出口。跟学生时代不同,这一点也许就是身为公司职员身不由己的地方。

"没呢,还没想到那一步。"

肩上冷不防受到重压,谷原将手搭在哲也左肩上。

"趁早打消辞职的念头吧!才刚入职一个月,还没干什么呢!工资不是也下周才领?"

哲也愁眉不展地应道:

"是啊,下星期,领第一份工资。"

每天这么心情沉重地度日的代价就是十几万块钱。到底是值还是不值呢?感觉对领第一份工资都烦得要命。

"我也对公司很失望,可毕竟对广告行业还一无所知,工作不也刚开始嘛!"

对此没必要应答什么。问题是他越是真切地认同对方所言的正确性,心里越是难受得不行。

"就算辞职,下一步要想在什么地方混成正式工也相当难了啊!"

谷原像自己亲戚似的点着头:

"说的是啊!跳槽的人的运势大多呈螺旋下降趋势,往往跳到更小的公司,收入也更低。从概率上讲,很可能比现在的公司条件还差。"

哲也更犯愁了。在比这里更差的公司?那干脆别工作了。

哲也忽然想起什么,说道:

"不过还有招毕业第二年的人的公司吧!才二十几岁,总有机会从头再来。像前田前辈那样在这家公司吊到三十多岁的话,不再拿个资格证根本不敢辞职!"

嘟嘟哝哝地说着公司的坏话,转眼又过十年。那时候自己会变成什么样的人呢?对想象力丰富的哲也来说,这是个极为恐怖的话题。谷原也又要了一份鸡尾酒。

"细想想,就业不就像结婚?跳槽的牌最多也就能打两次啊!"

这位同期突然冒出来的想法很有意思。哲也眼下还没有女朋友,结婚也像就业选哪家公司时一样让人心烦吧。这样一想,感觉结婚也成了一件麻烦事。

"什么意思?"

谷原耸耸肩说:

"就是说,第一次婚姻失败了的话,可以离婚、再婚、再再婚等想法虽说不是不可以,但往下并非有无数机会可供选择吧!就是这个意思。"

"那连续三次婚姻失败,该怎么办呢?"

谷原在吧台上抱起双臂。

"唉,这就难说了,结婚这玩意儿不是需要人亲力亲为嘛!所以因人而异,有适合结婚的,也有不适合的,肯定是。不适合的话,不结婚也挺好,不是吗?"

最多两次跳槽机会啊！谷原说的确实有些道理。但哲也说：

"跳槽跟结婚终究不是一码事吧！不结婚照样能活着,可要是我们都不上班挣钱,活都活不下去啊！"

"的确是这样。"

同期长长地叹了口气。哲也又想到一点：

"不过结婚跟就业也有相似的地方。"

"什么呀！成濑,你到底想说什么？"

哲也一口气喝干金汤力酒说：

"两者都是最晚截止到三十来岁,再往后,翻身就更难了。没经验、一无所知的年轻人还有机会,再往后路就越走越窄了。"

谷原满脸吃惊地看着哲也。

"你这脑袋是挺灵光,可别净说些吓唬人的东西！总想这类问题,虽说没有多严重,可活得也累啊。"

哲也笑了笑没吭声,心里却在说,是啊,所以才烦着嘛！辞还是不辞,对新职员来说,这是个问题。

接下来的几天,哲也还是跟着前田装作外出营销偷懒度日。春日阳光一天亮过一天,热得让人想起盛夏。天地间耀眼的光亮仿佛日甚一日。在春光下,哲也思索着一个人劳作的意义。对刚刚大学毕业的哲也来说,每一天都沉闷难熬。

这时,哲也在营销部听到一些传闻,是哲也经过几个站在走廊上闲聊的人身边时听到的。短短一个月,有关公司这个地方,哲也知道了很多。对组织而言,多数信息并不在会议室内。真正有价值的信息,大都集中在走廊或电梯的悄悄话里。飘进哲也耳中的仅有只言片语,却非常重要,绝不可置若罔闻。

"……永井要辞职……"

见哲也从旁边经过,前辈们赶紧闭上嘴巴。哲也装作什么也没听到,回到座位上,当即给谷原发了电子邮件。

两人第二次在青山的酒吧见面,是领到第一份工资的第二周。谷原心情不错。

"成濑的第一份工资是怎么花的?"

哲也跟住在都内的父母一起过,生活费花不了多少。

"算是报答一直以来的养育之恩吧,一半给了爸妈。买礼物给他们太麻烦。你呢?"

"噢——真有孝心啊!我一个人住,没你想得那么周全,就送了他们商场的购物券。"

第一份工资怎么花的实在无所谓。哲也想确认的是有关永井的传言的真相。

"不说这些了,我听到一件怪事,说是永井先生要辞职,偶然听到的,你没听到什么风声吗?"

同期"嗯"地哼了一声,抱起胳膊。

"怕有什么不妥不能透漏吗?我绝对守口如瓶!"

"嗯,当然不会怀疑成濑。永井前辈这事,大家马上就都知道了,提前说说无妨。他要辞职跳槽到AKEBONO通信社。"

果然确有其事,那家公司是排名前十的广告代理公司,这槽跳得应该算很成功了。

"像咱公司这种地方也仍然有人盯着呢!永井先生这样有工作能力的人,别的公司肯定不会置之不理。"

哲也真心为优秀前辈的成功跳槽欢欣鼓舞。现在反过来,该谷原愁眉不展了。接下来跟谁分在一组,都不会再有永井这样的培训指导员了。这次哲也拍了拍谷原的肩膀:

"用不着那么萎靡不振,车到山前必有路嘛!"

谷原突然开口说:

"成濑能答应我不声张出去吗?"

谷原突然严肃起来,哲也重重地点头:

"啊,对谁也不说!"

"一言为定?"

"一言为定!"

虽说没拉钩起誓,两人却也跟小孩子似的反复保证不走漏风声。哲也将上半身靠过来,做出洗耳恭听的架势。从最近的形势来看,应该是相当要紧的事情。谷原轻轻吸了口气,干脆地说道:

"我也定下要辞职了!"

哲也还没反应过来,只是愣愣地望着低垂着脑袋的谷原的侧脸,好一会儿,才像挤出点声音似的说:

"……为什么啊?"

谷原猛地向吧台一低头：

"对不起！前段时间我还反复说不要跳槽。"

心里乱作一团的哲也没点鸡尾酒，而是要了一份苏格兰加冰威士忌。为使慌乱的内心镇定下来，哲也故作冷静地说：

"谷原没必要道歉啊，自己的人生，谁都有自己做决定的自由。不过，为什么这么突然？一生最多跳槽两次，跳槽的牌不是用不着那么着急地出嘛！"

"所以才下定决心要出一次！"

"怎么……"

哲也心乱如麻，自己先提起辞职，可没想到口口声声说着要打消跳槽念头的同期却先行动了。

"对咱这公司，怎么都好说。相比公司，我更愿意追随永井前辈。听说永井前辈下个月开始就到别的代理公司去了。"

"所以你才要走？"

谷原伸手拍拍哲也的胳膊：

"好吧，听我说，下面说的可是货真价实的秘密了。AKEBONO通信像是把一项新业务的营销团队委派给了永井前辈，全都跟网络广告有关。因为人手不够，永井前辈就问我有没有意向一起去。"

原来是这样啊！很明显，去AKEBONO通信，工作内容和待遇都会上一个台阶。哲也心里焦躁起来，自己要被甩在这里了。

谷原说：

"担心的的确确存在。就连永井前辈也不清楚在AKEBONO通信能不能顺利发展,毕竟是外来户嘛!要是新业务开展得不顺利,说不定我也就没有容身之地了。"

不可能所有业务都一帆风顺。倒不至于突然丢了饭碗,坐冷板凳还是极有可能的。

"就算这样也要辞职去那边吗?"

谷原神色坦然,痛快地说道:

"整整头疼了一个晚上。但是工作可遇不可求,公司也好,人也罢,一旦有了心仪的对象,姑且要跟上去看个究竟!我觉得这点应该没错!"

"是啊……"

自己还没找到那样的对象。哲也虽然涉世未深,却也意识到了这一点。新人在职场上有幸偶遇可以成为榜样的前辈、找到值得投身去做的工作的概率,大概只有五成吧。一半人找到了,另一半可能穷尽一生时光也觅而不得。自己会是哪一半呢?哲也心慌得不得了。就算失败了也无所谓!自己能遇到这位同期遇到的那种让人仰慕且愿意紧紧追随的前辈吗?

"下个月会尽早安排永井前辈的送别会。他攒了很多带薪休假,基本上已经不来公司了。我也有些个人情况,下周就准备递上辞呈。"

哲也的焦虑加深了。

"已经去AKEBONO通信面试过了?"

"嗯,见过,条件也谈妥了。"

哲也体内掠过一阵冲击。自己跟前田前辈在茶馆里翘班的时候,这位同期却在与新公司的人事主管面谈!

谷原笑着说:

"每月工资跟这里相差无几,但那边的奖金似乎相当丰厚,福利保障方面也很不错。"

哲也知道产生这种心理很卑鄙,但妒意仍忍不住如黑黑的泥浆般从心底翻涌上来。哲也竭尽全力将其隐藏在心里,故作平静地说:

"这不是很好嘛!恭喜你!"

谷原不加掩饰地笑道:

"谢谢!不过,对不住你啊,我倒是要先辞职了。"

"啊,没什么,好说。"

哲也将加冰威士忌倒进嘴里,喉咙跟舌头火烧火燎的灼热。自己真是个无耻小人,差一点都没祝贺一下同期即将开启的新旅程。这就算作惩罚吧!

谷原突然说:

"对了,今晚不给我开个送别会吗?"

"今晚就要开吗?"

"是啊!下星期递上辞呈,我就成了工作不满两个月就辞职的新入职员工,当然不可能要公司给我办送别会啊!这个部门还有人连我叫什么都没记住呢!"

哲也一声苦笑。

"还没出四月呢！真没想到，竟在四月里为同期开送别会。唉，碰上这种事也没辙。咱俩就痛痛快快地搞一个吧！我也是半斤八两，一直也没把公司当回事！"

哲也抬手示意服务生，又点了一份同样的酒。开始工作还不到一个月，这位同期的未来与自己的未来都难以预见，但哲也对踏出一步后无论出现怎样的结果都坦然接受的朋友羡慕有加。自己今后还将为工作继续烦恼下去吗？

下个月可能还会待在这里，下一年怎样就不得而知了。不过，跳槽也好，不跳也罢，必须继续寻找让自己为之心动并愿始终追随的那个什么。老道的人会说：经济不景气嘛，别丢了铁饭碗！要保障生活！辞了职，工龄工资[①]可要大幅缩水喽！

然而并不是所有人都能强悍到只为安定与工资就可以憋屈自己一辈子。因此，三年里会有三分之一的新职员辞职离开好不容易才应聘上的公司。

不咸不淡的话不说也罢！哲也跟勇气可嘉的同期干杯后，俨然回到学生时代般聊起了自己在广告世界里想干点什么的话题。

[①] 工龄工资：在日本，以应届毕业生身份就业的职员在退休前领取的定期津贴及特别津贴的累积额再加上退休金后计算出的数额。

海边人

走出那霸机场,眼前是白窗帘般的雨幕。

今年,虽说密集的暴雨在东京也打游击似的频繁出没,可这里到底地处南国,连雨滴似乎都大出一号。从长途巴士始发站望出去,溅起的水沫雾茫茫一片,柏油路面已完全看不清楚。

宗形司郎在雨声大作的屋檐下呆呆地望着天空,等待巴士进站。多少年没这样专心致志地看雨了?这三年来就没正儿八经地休过假!这会儿时间过得真奢侈,只要专心欣赏雨景就行,这里是冲绳,不是东京!

司郎在一家大型建筑公司工作,入职已十七个年头,此前经手的项目仅有两个。从与土地所有人第一次会谈算起,这次承接的南青山绿塔工程耗时近十一年。规模达到一定程度的再开发项目,需这么长的时间也再所难免。同部门还有前辈刚完成了六本木的两个巨型开发项目,就到了退休年龄。

当然,大公司嘛,夏季休假制度也相当完善,只是对单身汉司郎来说,暑假纯属多余。司郎爱好不多,也没有女朋友,与工作相处倒是更轻松愉悦。司郎无法理解旅游旺季特意花高价跑去人山人海的度假村这种行为,相比之下,在没有多少人的东京舒舒服服地工作,不知要美多少倍。此前夏天一到,司郎就这么寻思。

司郎是个只要有活儿干就心满意足的人。虽说比起以前少了很多,但在日本像司郎这样的男性还大有人在。宽大的车轮碾压水洼,巴士滑行到司郎跟前。司郎登上车型过时的大巴,找了个最前排的座位,将唯一的随身黑呢提包搁上行李网架后,合上双眼,抱臂胸前。

车驶出机场后,长长的铁栅栏仍连绵不断,栅栏那边建有玩具般漂亮整洁的屋舍。为什么一个国家的人建造的东西能够散发出其国家的气息呢?从跟那霸街市疏密度截然不同的宽松布局来看,就连对政治漠不关心的司郎也立刻判断出,栅栏那边是驻日美军基地。雨滴敲打着鲜亮的绿草地,栅栏这玩意儿是人擅自围起的,对冲绳的雨而言,栅栏内外没什么区别。土地所有权只是人们闹哄哄地跑来拉上线,自说自话地叫嚷那是属于自己的东西罢了。即便号称地上六十五层的绿塔,二百年后说不定也会土崩瓦解灰飞烟灭吧。

"一定是太累了。"

司郎凝视着被雨点冲刷得斑斑驳驳的车窗浮想联翩。第二个项目交付后,自己的热情已燃烧殆尽了吗?误以为尚且年轻的他,再过生日就四十岁了。中年危机!Midlife Crisis 这个英语词汇浮上心头,他想起那部好莱坞电影,片中富有的律师回顾了自己的人生，剧情温馨甜蜜，完全是美式欢乐大结局的套路。

"是因为这样，才特地跑到冲绳这么偏远的地方来吗？"

九月末的冲绳，早过了旅游旺季。透过大巴车窗看到的城区与街道上飘荡着类似狂欢过后的倦怠感。司郎已极度疲倦，比疲倦更成问题的，是司郎失去了以往对工作的那种热情，而工作曾是司郎唯一的人生意义。

在这里将自己清空，这才是避开旺季来南国旅行的目的。然而司郎也清楚，尽管没经历什么大风大浪，自己的人生已经过半。

人不是仅凭一次出门旅行就能实现完美转型的。

大巴在冲绳唯一的高速公路上飞驰两小时后到达目的地。在那霸机场时风急雨骤，车子驶出三十分钟后变为晴空万里，一轮全圆彩虹围绕太阳悬挂在天上。据说全圆彩虹是发生不祥事件的前兆。司郎没理会，只觉得天空中央淡淡的彩虹美得虚幻漂渺，不可捉摸。

酒店名叫银砂健康度假村，据喜欢旅游的朋友说，这是家开业才几年的新店。有没有一处规模适中的休养胜地能让人轻松悠闲、遁身世外？当司郎提出这个问题时，朋友给他介绍了这里。

酒店名副其实，楼体沿铺满白砂的半圆形小海湾临水而建。七层高的主楼两侧高低错落地排布着十几座红色琉球瓦别墅小屋,远远望去,与其说是度假村酒店实景,不如说更像是建设规划中的精美建筑模型。

司郎办完入住手续后,被领进其中一间小屋。

"这边请,请您休息好。"

服务生敲开木制房门,等司郎进屋。司郎往门边一瞧,白墙上趴着一只深茶色的壁虎。他目不转睛地盯着它,它也纹丝不动。服务生注意到司郎的眼神后笑道:

"那家伙就住这屋哩!"

如此说来,这只爬行动物才是这里的主人,而仅在此暂住四天的司郎或许只是个过客。

"请多关照啊!"

司郎一边默默对壁虎寒暄着,一边踏进小屋。他打开提包,随便往床上一躺,试了试床垫有多软。只是一个人睡的话,床垫是否柔软根本无所谓。想到这里,司郎苦笑起来。怎么看,这双人床都是为情侣们准备的。司郎身边既没有恋人,也没有能称得上是女朋友的女性,这七八年来,他一直单身。司郎从未因此觉得有什么不如意。"一定是我对生存以外的欲望非常淡薄。"司郎看着不断围着女人转的朋友们曾这样想过。"连个女人都没有,活着还有什么乐趣可言啊。"司郎有时也会被损友们这样揶揄。这种时候,司郎总是以不变应万变:"人并不是因为某种乐趣才活着的。"

看看手表,离吃晚饭还有一段时间。司郎从床上下来,换上久违的泳裤。朋友特别叮嘱他,冲绳的阳光非常强烈。司郎在自己近二十年没晒过太阳的肌肤上涂了一层防晒霜后,看着镜中的自己,不禁哑然失笑。

镜子里站着一个在微白的身体上涂满白粉状防晒霜的家伙,肌肉似乎大都成了脂肪。尽管还没凸出啤酒肚,胸和肩却都松弛了下来。谁上了年纪都这样。尽管如此,他依然觉得极其郁闷。

司郎戴上太阳镜,出了小屋,走向海滩。

放眼望去,远处是一片闪着光的白沙滩,这片由死去的珊瑚碎片铺成的沙滩扎得司郎脚底生疼。在酒店专属的沙滩上,只有几对年轻情侣在晒日光浴。已经开学了,看不到拖家带口的游客。司郎将手中物品放在一处空着的沙滩遮阳伞下,在晒得热热的沙子上踮着脚尖走向水边。到底是冲绳啊,阳光强烈得仿佛能感受到它的重压。浅滩处的海水俨然如温热的浴池水。海水晶莹清澈,脚底一片明亮,简直就像走在光里。司郎连太阳镜也没摘,便呈大字形漂浮在微微起伏的海面上。司郎不怎么喜欢游泳,游得也不怎么样,来海边就喜欢像只海獭似的漂在水上。

"别这样嘛!讨厌!"

一个年轻女子的声音从右边传来。漂在海面上的司郎抬起头,看到一对男女在水中抱在一起,肯定是男的把手伸进女的泳衣里了。无聊!

看天,全圆彩虹还隐约挂在空中。太阳光照得天边的积雨云明晃晃的,很是耀眼,甚至让人无法直视。耳中回响着波浪的声响,鼻腔里满是海水的味道。漂在暖暖的几乎跟体温无异的海面上,体内的骨骼、关节、肌肉仿佛被拆解得七零八落。看天,观云,随波荡漾。这样过了三十分钟,司郎渐渐有了放声大笑的冲动。

仅有三分之一的沙滩遮阳伞被游客占用,伞下基本上都是出双入对的情侣。司郎感慨万千:人为什么如此需要伴侣?一个人生活真就那么不自在吗?一直单身到年近四十的他,要改变生活模式绝非易事。会有严丝合缝地嵌到自己这个框框里的女性吗?最近连父母似乎也死了心,聊天时都小心地避开结婚啦、孙儿啦这类话题。

司郎走向自己的遮阳伞,一路走,一路从身上往下滴水,还一路偷偷观察周围的异性。夏日海滨的妙处就在于可以尽情欣赏身穿泳装的女人们。最近比基尼大流行,对男士们来说,算是个大大的福利。

司郎逐一扫视着身穿新款泳装的身姿,最后目光停在沙滩边缘处的一顶遮阳伞下。一位身穿白色夏款裙装的女性面海而坐。在几乎所有人都穿着泳装的沙滩上,穿裙装反而更具魅力。她的年纪大概有三十五六岁,穿泳装当然二十来岁最有味,其实司郎并不怎么喜欢年轻女孩,他老早就盘算过,如果正式交往,还得找同是三十来岁的人。

司郎一边用毛巾擦拭着汗水和海水,一边不动声色地观察着孤身一人坐在遮阳伞下的那位女子。她苗条、娇小,头戴白色宽檐帽,鼻梁上架着大号太阳镜。容貌的细微之处不得而见,但从鼻梁、下巴紧致的线条来看,是位美女的可能性相当之高。人漂亮,不管遮挡哪里都能让人觉得漂亮。整体是细节的无限循环,美,有着不规则碎片形的构造,司郎想起了绿塔的设计方案。她似乎没有同伴。

司郎一边往身上涂防晒霜,一边暗笑自己,再怎么偷瞧人家,自己也不具备向一位单身女性旅人搭讪的勇气。就算在这里有所牵绊,一回东京马上就会把她忘得一干二净吧。

晚餐时分,他在主餐厅吃了冲绳岛上的家常蔬菜。他十五年前来的时候,旅游胜地冲绳的所有菜品里都加糖太多,口味太甜,不过这次晚餐的菜品比那时好吃多了。

司郎将目光投向面冲大海的玻璃窗,里面映出身穿白衬衣的自己。即便在旅途中也不喜欢邋邋遢遢的司郎,无论如何都做不到只穿一件T恤就来餐厅。他下身穿了条深蓝色的短裤,上身穿的是刚从洗衣房拿回来的长袖衬衣。

"她没来。"

说不定那是退房前跟冲绳海滨的最后道别。果真如此的话,在这度假村里,孤寂无聊的单身旅行者便只剩他自己了。

司郎饭后又慢条斯理地喝了咖啡,那个女子仍没出现。餐厅里,天花板上的吊扇缓缓地旋转着,醉意渐浓的情侣们发出的声音越来越响,司郎不胜其烦,回到了自己的小屋。

漫长的冲绳之夜。

司郎没心情看跟东京一样播放着吵吵闹闹综艺节目的电视,注意力也无法集中到为这次出门特意带来的书上,一个人去酒吧也嫌麻烦。这里是与周围隔绝的沙滩度假村,所以几乎没什么打发时间的办法。倘若与情人结伴而来,那现在往下正是甜蜜旅途中好戏登场的时刻,而对孑然一人的单身客,就只能说是无聊至极了。

司郎迷迷糊糊地躺在床上,被太阳曝晒过的肌肤带着微热,甚至有点患上感冒的感觉。他猛地回过神儿来睁开眼。

"真失败!这是难得的冲绳之夜啊!"

肯定已经过午夜了吧!第一夜竟是打着盹儿度过的!想到这里,司郎看看手表,才过十点。稍稍放了心,不过也为这夜晚的漫长大感惊奇。在这单人间里实在待不下去了,司郎下床出了小屋。门边那只壁虎还跟几个小时前一模一样地趴在那里,它是在守卫着自己的领地吧。

"我去去就回,你好好看家!"

爬行动物没搭理司郎。

走到沙滩上,迎面吹来的风令人倍感舒畅。跟热带气温持续不断的东京相比,这里的夜似乎更凉爽,不那么难以忍受。司郎穿过休闲树林走向白沙滩。半圆形沙滩的中央,高高的灯杆上灯光明亮,照得脚下如白昼一般。遮阳伞影下有两对情侣。

司郎很自然地避开情侣,向灯光照不到的沙滩边缘走去,他想看看冲绳夜幕下的大海。白天不曾听过的波涛声奇妙地传入耳中,远方水平线上悬浮着灰色的夜间积雨云。

这时,司郎发现了一个白色身影,裙摆随海风摇曳。是那位女子!她还没离开酒店!仅这点发现就让司郎激动起来。她走进没过脚踝的水中,向海面抬起右手,露在无袖长裙外的手臂白皙纤细。女性跟男性胳膊的骨骼和肌肉并没多大区别,可为什么会如此引人注目呢?

像有什么白灰的东西从她抬到胸口高度的手中撒进海里。是沙滩上的珊瑚粉末?那这粉末未免太过干燥。女子径直向前走了几步,眺望冲绳海面良久。海风拂动她的发梢,从背影上看得不够真切,不知她是在笑还是在哭。那晶莹闪亮的背影仿佛不属于凡间女子,而属于海边的白沙精灵。

"她到底是什么人?"

无法抑制的好奇心令司郎觉得,自己像是看了不该看的东西。他蹑手蹑脚地返回了小屋。

翌日，司郎还是像只海獭似的漂在海面上度过的。到了第二天，必须干点什么的焦虑心情已消失殆尽。这可能就是冲绳的魅力吧！觉得花费十年工夫缜密地计划再开发项目的行为真是愚蠢透顶。

司郎在海边消磨一整天，一个人对付完晚餐，又回到小屋。不过这一夜，司郎是抱有目的的。不知为什么，他预感她还会再来沙滩，而且预感极为强烈。

司郎躺在床上一动不动地等到晚上十点，跟壁虎打过招呼后，悄悄出了房间。沙滩上还有几对情侣如胶似漆地黏在一起。司郎看在眼里，内心丝毫不为所动，踏着珊瑚沙粒刷刷地走向半圆形的海湾边缘。海风似乎比昨夜大，波涛翻滚得也稍猛了一些。

黑漆漆的沙滩上不见她的身影，但司郎并未死心。她一定会来，司郎异样地确信这一点。

一片片树叶光闪闪的，俨然涂过一层油。司郎在海边树影下伏低身子，耐心等待长裙女子的到来。

她穿着一条跟昨夜款式不同的白裙现身时，已是夜里十点三十分，脸上看不出什么可称为表情的东西，只是一副前来完成自己应该完成的任务的神情。回想起来，此女白天在沙滩上的时候，脸上也没有一丝笑意。

她径直走向水边，今晚肩上挂着一个小小的挎包。她又走到没过脚踝的水中,然后蹲下来,像是从包里取出了一个塑料袋。

"那是什么呀?"

透明塑料袋里重叠交错塞满白色枝条模样的东西。她漫不经心地将手伸进塑料袋掏出白色枝条浸入泛起泡沫的水波中,又随手置于脚边,摸出另一根枝条。全部浸入水中后,哗啦哗啦地用手翻动着,弄出了单调的声响。

"她似乎在冲洗什么东西。"

屏住呼吸凝神观看的司郎这时恍然大悟:昨晚撒的白沙,今夜洗的白枝,一定是同一种东西——既不是沙子,也不是枝条,而是骨头,是某种生物的,不对,一定是人的骨殖!

但司郎对此没感到一丝恐惧。大概是因为涮洗着小枝一样的骨头的她从后背上传递出一种莫名的喜悦,仿佛在欢笑。司郎故意拖着重重的脚步,从藏身的阔叶树阴影下走出来。

"对不起,让你受惊了。"司郎生来头一次跟女性如此沉着冷静地搭讪。

她猛地回过头,眼睛红红的。看来她是在边哭边笑边涮洗骨头啊。

"冒昧问一下,那是什么人的骨骸吗?方便的话,请跟我说说。"

白裙女子站起身,水珠从捏在手里的骨头上滴下。

"好吧,请稍等。"

她麻利地将骨头装进塑料袋从水里走上来。两人保持着像是经过测量的相互触碰不到的距离,一起走到没有浸湿的珊瑚沙滩上坐下。

"我叫公崎文乃,公崎是先夫的姓,感觉分开后也没心思改回原来的姓……"

她的声音像夜里的海风般没有温度。他偷瞄一眼她的侧脸,她只是一动不动地盯着翻卷起来又轰然塌下的海浪。

"是吗?我叫宗形司郎,在东京的建筑公司工作……"

怎么突然介绍自己了?司郎慌忙说:

"……生离死别不好受吧。"

文乃吃吃地笑起来。一笑,大大的眼睛眯成一条线,面目和蔼可亲。司郎心想,她笑起来虽说不漂亮,倒也有些韵味。

"什么生离死别呀!在那之前,我们就离婚了!"

到底是怎么回事啊?

"先夫名叫宪次,死于交通事故。因为事故发生在离婚一年多以后,他死时,我也没能在他跟前。不过说来也怪,他竟在死去约莫半年前对婆婆说,要是他死了,想把遗骨分一半给我。"

留一半骨殖给前妻,这绝对不合乎常理。

"恕我冒昧,您同时也继承了别的什么财产吗?"

文乃声音沙哑地笑笑:

"他都三十三岁了,存款却只够办次丧事,公寓也是租的,分到我这儿的只有这袋骨头。"

她从挎包里拿出塑料袋,被海水涮洗过的人骨跟破碎的珊瑚没什么两样。

"你就这么收下了?"

"是啊,倒也可以拒绝,不过我当时琢磨,他这是想要我做什么吧。"

换作是自己会怎样?司郎也在思索。分了手的女友的白骨,无法想象。

"他家世代笃信宗教,好在他本人并没那么虔诚。结婚时曾说起过死后自己墓地的话题,他说别把他葬在祖坟里,最好能适当地撒到跟我一起旅行过的地方。他说:'我这个人不需要什么墓地。'总是说些逞强的话。"

司郎默不作声地盯着脚下的白沙,他并没有可托付遗骨之人。文乃的声音清晰响亮起来:

"撒骨灰之旅到今年已是第三个年头,这是最后一次了。泰国的普吉岛、夏威夷的威基基海滩,再就是冲绳的美之海。每到暑假,我就一点点撒掉骨灰,现在就剩这些了。"

文乃拎起塑料袋朝司郎晃了晃,听到玩具似的声响。两三根湿漉漉的骨头,小孩子手指般粗细。看到别人的遗骨,司郎也没觉得恐惧不适。比起活着的人来,白骨更清洁、更容易一眼看透。

"撒骨灰的说法听到过,洗骨头还是头一次。"

文乃爽快地说：

"其实撒骨灰也得获得正式许可，而且得撒在指定地点，只是不想到死都被法律束缚吧，撒在这儿不会给谁添麻烦，混进沙里，绝对没人能把珊瑚沙和骨灰区分开。"

文乃低声笑起来，继续说：

"用海水洗骨头，冲绳古来就有，洗干净再放回墓里。听说后，觉得很不错。"

文乃吐了一下舌头，像是调皮捣蛋被捉了现行的小孩子。在夜幕下面对广阔无边的大海谈论陌生人的遗骨，听起来就像在说笑话，这真不可思议。

"离婚的说法不像真的，你们夫妻感情看似很好嘛。"

"是吗？可人这种东西，经常没理由地黏在一起，又没理由地分开啊！"

司郎想起几位前任女友，无缘无故地伤害和被伤害，人肯定生来就是这样。

"嗯，说实话，本打算昨天把他的骨灰全撒完的。撒骨灰之旅前后大约三年，只剩一点了。可到了最后关头，感觉还不舍得全撒干净。我和他结过婚的证明只剩下姓氏和骨头了。"

自己问这些合适吗？司郎心里还在犹豫时，没想到话已出口：

"文乃女士还爱着丈夫吧？"

觉察到坐在旁边的女子屏住了呼吸，波涛声填充了这段无语的空白。

人在海边似乎很轻松地就能开始一段恋情。

"离婚时闹得一塌糊涂,他和我从来都没那样相互伤害过。折腾得连双方父母和亲戚都卷了进去。可一切尘埃落定后,竟感到有些恋恋不舍。这就是所谓的爱吗?不过,可能是因为他死了才这么想吧。要是他活着的时候跟比我年轻漂亮得多的女人又结了婚的话,这骨灰说不定早就扔进不可燃垃圾袋里了!"

风吹得背后的防风林摇摇摆摆,树叶相互摩擦的声音听起来像什么人在笑。司郎也不禁笑起来。

"不管是死是活,人好像都一个样。"

"真是一样啊。不过,撒骨灰的事请对酒店保密哦!我可不想突然被人家轰走。"

司郎几乎要拍胸脯了。撒下洁白干净的骨灰可比在景区乱扔垃圾要对环境有益得多。

"记下啦!绝对守口如瓶!剩下的那些骨头怎么办?"

文乃用像要熔掉它们般的目光俯视着塑料袋说:

"带回东京,打算先放在我屋里。当然用不着一直供花浇水,跟这三年一样,还扔那儿。"

司郎心想这种供法真挺好,自己死后,遗骨也能被这样对待,他就心满意足了。

看来可以把自己的身后事托付给她——死去的那家伙肯定这样想过。于是司郎鼓足勇气说:

"明天还来沙滩吗?"

"是啊,最后一天了,想游游泳。"

"住东京是吧?"

"是。"

那天晚上文乃头一次看到搭讪自己的男子紧张成这样,觉得可笑得要命。她好看地微微一笑说道:

"知道吗?我已经三十五岁了!沙滩上年轻活泼的姑娘多得是呢!"

一定是那位死去的男子给了自己这样的胆量吧!不知为何,司郎自信得让人不可思议,司郎答道:

"年龄不是问题,到下个生日,我也就四十了。方便的话,可以在东京吃顿饭吗?我还没结婚,这几年也没女朋友。"

话说得既干脆又直白。

如果这里不是冲绳海边,如果没有文乃撒掉丈夫骨灰的这种特殊状况,已到中年的司郎大概很难敞开心扉吧。

文乃拎着盛有湿漉漉的遗骨的塑料袋站起身来,拂掉沾在长裙上的沙子,动作出人意料地有力。

"等明天一起在美之海游一天泳再回答可以吗?如果能对我们的未来有好的预感,就把联系方式告诉你。"

长久以来一直孤身一人的司郎,此时竟异样地充满自信,一定会与文乃在东京再见面!自己跟文乃的关系将来也会继续下去,说不定会跨越下一个十年、二十年!

总之，为自己创造这机会的，一定是那位被装在塑料袋里的什么人，而他比任何人都希望文乃幸福。

文乃踩着珊瑚沙滩沙沙作响地回了小屋。

司郎像要再次描画出被波涛拭净的脚印似的，走在海与沙、生与死的暖暖的海滩水边。

第一次约会

表参道石板路上投下网眼状的光影。

进入深秋,榉树早已变得光秃秃的,细细的枝条叶脉般遮天蔽日。干干的灰色石板路上掠过的暗影,活像显现出脑血管的CT扫描影像。

"不该胡思乱想!"

走在石板路上的平冈美砂手握牵栓小型犬用的狗绳。红色尼龙狗绳的另一端系在丈夫朗人的手腕上,要是朗人迷了路,那就更麻烦了。自打在这条街后面购置了小公寓,夫妻俩已在此居住了二十年。表参道散步街为曾经年轻的两人留下过无数的回忆。

街道两侧的榉树春天发出新绿,夏季呈现深绿,秋日是干干的红茶色,隆冬则成为留出网眼般的缝隙得以窥见东京蓝色晴空的顶棚。每逢周末,膝下无子的美砂和朗人就略微打扮一番,在这条街上散步。

一般情况下,很难想象会在这种来往惯了的路上走失。美砂暗暗叹口气,将目光投向比自己大三岁的朗人,暗下决心,绝对不能把忧虑写在脸上。丈夫正出神地盯着早该看惯了的表参道之丘①的商品展示窗。

"这手表挺便宜啊!"

美砂也定睛细看哈利·温斯顿的橱窗,那是款男士手表,钢制表壳边缘镶着一颗小钻石。

"进去看看,买一块吧?"

再瞧光闪闪的手表下面放着的价格牌,果然是七位数。他只能理解自己脑袋里认准的数字,他肯定少数了一位数。丈夫最近在数字和计算方面的能力越来越差,美砂心里难受,却笑着说:

"那可不行!都不挣钱了,不能太奢侈,不是吗?"

"是吗?我还以为很便宜呢!"

朗人左腕上没戴表。戴上表外出,有可能在某处摘下来放下丢掉,因此,除了在家里戴,去哪都不戴。

"来,走吧!"

丈夫抬腿就走,下一秒就把手表的事全忘了。秋日的阳光照在他身上鲜艳的黄色羽绒夹克后背上,光亮晃眼。美砂也穿着同款的羽绒服,是黑色的。黄色是为丈夫走失或混进人群时便于辨认而选择的颜色。即便他走错路跑进车行道,也容易引起驾驶员的注意。黄色是种提醒色,就像小学生戴的帽子。

朗人悠闲地哼着歌,走在前面,红色狗绳拉紧,拽着美砂的

---

① 表参道之丘:表参道标志性建筑,云集众多世界名牌旗舰店的高端购物商场。

手。歌是布隆迪的《梦见 No.1》，美砂心里一揪——这首歌是我们俩刚开始交往时的流行热曲。

美砂眼中涌上泪水，但她强忍着不让泪珠滴落下来，正在一天天失去正常脑功能的丈夫一定比自己更痛苦。

"慢点，老公！去那边的咖啡馆喝些热可可吧！"

说着，美砂与丈夫并肩而行，遮住了两人握在一起的手中的红色狗绳。

美砂意识到发生异变，大约是在三年前。

从那时候起，朗人就极易忘事了。话说到一半，忘了最要紧的主题；地名和人名想不起来；连最喜欢的铁道模型的车名，都要重新翻产品目录确认。

这些状况都令美砂大惑不解，但她并没以为有多严重。谁过了五十岁，健忘都会厉害起来，这一点只能坦然接受。如今想来，要是及早请医生看看，说不定能延缓病情加重。

那天是星期六，跟今天一样，是个秋高气爽的大晴天。正准备稍晚些的早餐时，发现冰箱里的面包吃光了。因为还要做沙拉和菜肉蛋卷，她就让丈夫趁这工夫把面包买回来。附近有家手工面包坊，步行仅需几分钟，用法式面包材料做出的杯形面包非常好吃，在本地小有名气。

过了约莫十分钟，简单的早餐准备停当。给切碎的苹果蘸裹上纯酸乳酪，沙拉也做好了，滴上蜂蜜拌拌就可以吃。半熟的菜肉蛋卷渐渐凉了,美砂也渐渐急躁起来,辛辛苦苦做出来的饭菜要浪费了。

公寓门伴着冰冷的金属音打开时,距朗人出门已过了三十多分钟,美砂响亮地趿拉着拖鞋冲向玄关。

"老公,去哪儿偷懒啦?难道又去看N轨距了?"

美砂拦在玄关瞪着朗人,感觉哪里不太对劲儿。

"对不起……"

朗人耷拉着肩膀,两手空空。

"面包呢?"

朗人一脸恐惧。他怕的不是发火的妻子,好像在买面包的路上遇到了什么更可怕的事。

"不认得了。"

"要买的是常吃的杯形面包,不是吗?不认得什么了?"

年过半百的朗人像挨了训的孩子,翻翻眼珠偷瞧着妻子。

"去面包店的路……不认得了。"

美砂都要不认得朗人了。去面包店的路不认得了,这面包店去过不下十几次了,也没多远啊!难以想象!美砂的声音尖利起来:

"老公,除了去面包店的路,还有什么不认得了?"

朗人的双眼就像墙上凿出的两个窟窿,从中看不出任何感情。

"一直都不敢说,最近常忘了去客户公司的路。前些日子在公司,去会议室的路也不记得了。"

朗人双手抱住脑袋说：

"我的脑子怎么了啊！"

那天，他们没吃早饭就去了医院。搭上出租车，美砂紧紧挽着丈夫的胳膊。在去往设有脑神经科的都立医院的路上，朗人望着窗外，身体不停地颤抖。他还是自信满满、风头正劲地拼搏在工作一线上的壮年人啊！丈夫的恐惧发自心底，于美砂而言，这比什么都可怕。

美砂正在沉思，朗人回过头来说：

"去过那家店，对吧？就在明治大道十字路口不远，铺着很多铁轨的地方。"

"Imon 嘛！上周也去过不是？"

"啊，对对！Imon，Imon！"

他重复了好几遍，生怕忘了。Imon 是多次几乎引发夫妻大战的铁道模型专卖店，朗人的 N 轨距就是在那里买的。美砂端详着走在前面的丈夫的背影，他的后脑勺上竟有这么多白发了啊！他的脊背还很直，因为喜欢运动，他的身体尚年轻，然而他的脑袋里面却正在快速衰老。

"回家路上不去那店里转转吗？"

那个星期六，朗人的眼神总是怯生生的。近些日子，这种表情多了起来。一个人去，心里肯定没底吧！眼见丈夫怕这怕那，身为妻子的她心里很不好受，于是美砂强打精神说：

"好啊！不过今天可不买新模型哦！"

"好吧。"

早发性阿尔茨海默病的诊断书是在一周后开出的。

初诊时拍过脑CT片子，做了简单的测试。"请从一百逐次减七。""九十三、八十六……"朗人在减第三次时就卡了壳。"请说出你知道的蔬菜名称。""卷心菜、黄瓜、茄子……"从茄子到下一个说出来的胡萝卜，朗人大汗淋漓地用时九十秒。提问接连不断，靠这种水平的问答真能确定病情吗？美砂感觉这简直就像小学生的智力测验。

医生说有人五十来岁就会患上阿尔茨海默病，美砂还是头一次听到这种事。比自己年轻的医生对能否治愈未置可否，只说要努力延缓病情加重、新药开发层出不穷、不该放弃希望云云。美砂心想这大夫净说怪话，既然有病，就该做手术或者服用特效药吧！这样才能收取高昂的治疗费、建起这么气派的医院大楼嘛！丈夫绵羊般温顺地听着医生的话，好像丢了魂。

取了好几种药回到公寓时，已经是下午很晚了。朗人在玄关躬着背说：

"好累啊！休息休息，让我一个人想想。"

卧室门无力地关上了。心慌意乱的美砂打开客厅里的笔记本电脑，开始搜索阿尔茨海默病的相关信息。相关网页有一百四十万个。世界上到处都有这种病，只是她不知道而已。

美砂一直盯着电脑显示屏,屋里光线暗下来也顾不上开灯。页面一个接一个地被点开,她越看越明白,洪水般的信息根本无法阻挡。这时她终于回过味儿来,那位医生对她介绍病情时,是在慎重地斟词酌句,不想抛给患者及其家属没有根据的希望。

据说,阿尔茨海默病的病因尚不清楚。脑神经细胞不断萎缩,因为那里积存着特定的蛋白质,所以医学界怀疑这就是病因。不敢指望手术会有效果,特效药也还不存在。随着医疗进步,癌症的生存率平均下来已不低于百分之五十了,电脑显示屏上排列着一串从没见过的数字,而阿尔茨海默病的死亡率超过恶性肿瘤!

美砂心如刀绞。上了三个多小时的网,她感到眼花背僵,浑身酸痛。虽然身体疲惫不堪,心脏却怦怦地狂跳不止。看来,现在的重点并非怎样给朗人治病,而是如何陪他度过剩下的时间。这是两人唯一能做到的。患上这种病不但毫无未来可言,而且是踏上终结之路的开始。

镶着毛玻璃的客厅门被轻轻推开,丈夫大概穿着外衣稍睡了一会儿,他的头发被压走了形。

"怎么啦?也不开灯。"

美砂跳起来似的向前跨了几步,扑进丈夫怀里。枯叶般的清香,丈夫身上的气息令美砂难以忘怀。

"不管老公得了什么病,我都不离开!"

朗人缓缓地摩挲着美砂的后背。

"明白,不管脑袋痴成什么样,我都明白。"

在没开灯的客厅里,朗人不停地抚摸着抽泣着的美砂的后背。

"还是冬天的可可好喝啊!"

喜欢喝酒的朗人在拿到诊断书后就滴酒不沾了。美砂记得哪里写过,一小杯威士忌就能杀死一百个脑细胞。配上医生开的抑制记忆力衰退的药物,朗人还在大量服用对脑有益的DHA及中药。

"说的是啊,又甜又好喝,糖分还能给脑增加营养。"

美砂总是随身带着富含矿物质的黑砂糖,它比白砂糖更胜一筹。美砂在朗人的可可里也加了一块,膝上搭着店里为客人准备的毯子。身穿羽绒夹克、腿裹毯子,在秋末的都心足够暖和了。

散步也是医生推荐的活动。每天通过活动身体来训练与运动有关的神经,接触来自外界的刺激引发的紧张感,可防止思考力及感受性的衰退。朗人从公司辞职后,散步就成了两人每天的必修课。

丈夫从羽绒服口袋里捏出几个硬币摆在桌上,要进行日常计算练习。

"五百元硬币一枚、百元硬币两枚、十元硬币六枚、五元硬币一枚、一元硬币七枚。合计,嗯……"

朗人将所有硬币按面值排列好后又数了一遍,靠心算得出结果似乎已经相当难了。

"这个嘛,嗯……"

朗人五十六岁,抱臂胸前数硬币的模样活像个小孩子。美砂面带微笑凝视着丈夫。说起来,以前他绝对不会这样当着别人的面进行恢复训练。诊断书刚出来那阵子,朗人每天诚惶诚恐,生怕自己的症状被人发现。

他经常随身携带地图、用数码相机拍摄公司和常去的店铺、不断查阅电子词典。在公司里,因其极大的学习热情,甚至都小有名气。不管谁说过的话,他都详细记录,也是必然。因为于朗人而言,一切都源自害怕自己的病情为人所知,他只是被迫做这些而已。

某个时期,大约两周时间,朗人没完没了地折腾。尽管对美砂没有暴力行为,火气却全撒在了东西上。摔碎餐具、折断手机、踢翻沙发、猛捶公寓墙壁砸出窝子。不跟美砂一起睡床,自己睡沙发或跑去阳台的躺椅上睡下。对此无能为力的美砂,只是静静地为他收拾残局。

丈夫喝得烂醉回来、直接倒在玄关的夜晚,美砂就搬来毛巾被和枕头跟他一起蜷缩在狭窄的走廊上睡。虽说地板有点硬,深夜的空气也冷冷的,但美砂贴着朗人,感知着他的体温,就很满足。清晨醒来,丈夫满嘴酒气地说:

"睡在这里啦!用不着连美砂也陪着嘛!你就别管我啦!"

美砂将丈夫的头抱在怀里。

"不管你可不成！你怎么折腾都好，你睡哪儿都行。我们是夫妻嘛，用不着像在外人面前时那么多顾虑。知道你生病，无论你睡哪儿，我都跟你一起睡！"

朗人伏在美砂胸前狼嚎般大哭起来，美砂说什么他都不应声。就这样哭了三十分钟后，他说：

"不能再给公司添麻烦了，我要辞职。"

已经被逼到这样的地步了！对他来说，工作曾是生活的中心啊！以前就连美砂和他那些爱好都绝对没法跟工作比。

"好吧，这么多年，辛苦你了。那以后就是咱们的二人世界了！"

"是啊。跟慢慢变痴的我在一起，要给美砂添大麻烦了。真是没意义的人生啊！"

美砂没吱声，只是紧紧抱着满是汗味的丈夫的脑袋。他剩下的时间完全是自己的了，这让美砂开心不已。

朗人利用提前退休制度在第二个月辞了职。领取了二十个月的退休补贴，这对公寓贷款已还清的平冈家来说，是一笔不错的生活资金。有关病情，除关系极密切的同事外，鲜有人知。朗人秘而不宣地离开了公司。直到最后，都保持着体面，就装成比别人更早地享受快乐的退休生活的样子吧。

然而，每天不必上班，朗人的症状反而加重了。对衣着也不再上心,总穿着同一套毛衣和棉布裤子。多数时间像个老人似的絮絮叨叨地自言自语,呆呆地盯着什么也不存在的半空。

不过对美砂来说,这种状态倒还比较容易相处。这种意识状态,如同多云天气时坐在窗边,只能被斑驳的光亮照到。他阴郁时,虽呈怠惰安静状态,却是能够准确把握自己之时,每每此时,朗人的情绪总是极度低落。没有工作,连简单的算术都不会,字词不断忘记,以致看书也越来越吃力。

"往后就是等死了,我会更痴更傻的。"

朗人曾恶狠狠地对美砂说:

"你可怜我吗?是不是觉得我是个可怜虫?这样熬上几年,一切终结后,你就可以一个人清清爽爽地活下去了。死了老婆的男人都死得早,而死了老公的女人却长寿得不得了。"

美砂对此置若罔闻,她认为丈夫说出这些话,全因病痛作祟。然而,连晚饭时间也算上,两个多小时的骂骂咧咧实在令美砂对丈夫没完没了的牢骚失去了耐心。

"那么不甘心的话,你自己也尽可能长寿啊,你大可使劲儿麻烦我嘛!不管你痴成什么样,只要还能住这公寓,只要还能领到退休金,我就绝不离开你!"脸色煞白的美砂假笑着对正在撕报纸的丈夫这样说道。

朗人对妻子如此激烈的言辞还没适应,呆呆地目送着美砂穿过走廊的背影。美砂走进浴室,冲着淋浴放声大哭起来。

自己必须坚强,绝不能再对他没耐心了。十五分钟后,美砂

洗过头发从浴室出来,看到朗人正站在走廊上。朗人像是不好意思地说:

"对不住你,美砂。是我不好,先把这个给你。"

丈夫递过来的是公寓的产权证和朗人名下的存折。

"最近,银行的自助提款机我也不会用了。账号、步骤什么的全不记得了。先请美砂保管,密码是美砂的生日,九月二十五日,0925。"

再也抑制不住自己的感情了,美砂在朗人面前极少流泪,然而此时此刻,她却扑到朗人胸前泣不成声。泪水真不可思议,本以为在淋浴时都已哭干,可这时又不住地涌了上来。

"好啦好啦,别哭啦,连我都要陪你哭啦!哭太多头会疼,一头疼脑细胞就死得多,那样美砂也变痴啦!"

美砂贴在丈夫胸前说:

"行啊,我也想变痴,求你别动,就这样待一会儿。"

朗人的计算能力似乎也渐渐丧失了。

准备好了饮品结账的钱,刚才的零钱加上一张千元钞。六百块一杯的热可可两杯,加上消费税合计一千二百六十块。这种水平的计算,对此时的朗人来说,也成了不竭尽全力就解决不了的难题。

叫来店员,在桌子上结算清楚后,两人走出外国客人占了一半的开放式咖啡馆,回到阳光照耀下的表参道。因为是个休假日,外出的人像节庆时那么多。路上的年轻情侣什么时候都很开心。

"我说,今天是几号来着?"

美砂心里一沉,他对日期、地点的感觉都淡薄了,这是症状之一。

"勤劳感谢日,十一月二十三日嘛!"

丈夫脸色一变,双颊微微现出光彩,最后竟绽出了满脸笑意。

"啊!那太好啦!"

说着,他大步流星地抬腿就走。丈夫像大型犬似的拽着美砂的手,美砂向前趔趄着问:

"去哪儿?"

"回家呀!"

"今天有什么事吗?"

应该没有任何计划要做的事。丈夫回头说道:

"美砂以为我得病后就一点儿也不招女人喜欢了吧!才不是呢!今天就有约会!还是个年轻漂亮的女人呢!"

"开什么玩笑?你一个人出门有困难,不是吗?"

"不想陪原配老婆浪费时间啦!快,回家!"

丈夫满不在乎的表情让美砂有点生气。朗人生拉硬拽地用力拖着美砂向自家走去。他到底想干什么?一个人出门已极其困难,当前对朗人而言,跟女人约会应该是比七位数加法还难对付的事。

美砂满腹狐疑地跟着丈夫经表参道拐向右边。

朗人好像不是说着玩的。

他一回家就打开衣橱拿出了还装在洗衣袋里的西装,辞职后,他都没再穿过的深蓝色西装。

"衬衣放哪儿啦?"

"你当真要去约会?"

他似乎很着急。

"什么当真不当真,今天三点约了见面。人很漂亮,美砂一定也会中意。"

凭什么自己一定会中意丈夫的外遇情人啊!真无礼!

"不说了,快找出衬衣来!那件蓝色竖条衬衣最好!"

那是美砂送给他的生日礼物,那不勒斯①制造的大开领衬衣。美砂从衣橱架子上抽出衬衣,丢到朗人胸前:

"好啊,请吧!爱怎么约就怎么约!我不管了!"

"我每天如此这般跑前跑后地照顾他,现在却抛下我去约会!跟我出门的时候,他可绝对不会穿衬衣!"美砂一肚子火气,转身进了客厅。打开电视,假日里的节目实在乏善可陈,万般无

---

① 那不勒斯:意大利南部第一大城市,地中海著名的风景胜地。

奈地调到绿草地上清静的高尔夫转播频道。什么标准杆①、什么小鸟球②,无聊的运动!

过了约五分钟,一脸犯难的朗人走过来,脖子上挂着领带:

"不好意思啊,美砂,教教我领带的打法吧,我好像全忘了啊!"

无奈,美砂站起身,把丈夫的领带系得紧到不能再紧。

朗人系着黑皮鞋的鞋带,头也不回地说:

"今天不会太晚,我出门啦!"

真去跟年轻女孩约会?自己几乎天天跟朗人守在一起,他到底在哪里找的对象?时下流行的交友网站?美砂沉不住气了。

朗人站起来,在挂在玄关旁的镜子前检查了一下自己的仪容,对领带的紧度有些不满:

"好像有点紧啊,系领带是这种感觉的吗?"

美砂抱臂胸前,点点头说:

"就那样!再紧点都不成问题。领带好说,老公,你们今天在哪儿见面?"

丈夫兴致很高,半白的头发上整齐地留着梳子印痕,用过定

---

① 标准杆:高尔夫运动基本术语。
② 小鸟球:指击球杆数低于标准杆数1杆。

型发蜡了？可恶！

"保密！不过可以告诉美砂,在银座！在和光门前见面。"

和光门前？而且也是勤劳感谢日！美砂心里感觉不太对劲儿。

"好了,就这样吧,我去去就回。"

"迷路就打我手机！"

"知道啦！"

铁门咔嚓一声关上了。美砂急忙跑进卧室,自己也换上了仿香奈儿的米色粗花呢套装。

"他莫非是……"

美砂心里慌乱到无法言喻。朗人出门十分钟后,美砂紧紧锁上了家门。

在地铁表参道站上没发现朗人的身影,他也没联系美砂。美砂乘上银座线直奔目的地。越临近银座站乘客越多。这里是日本最繁华街区,又是节庆日,热闹是理所当然的嘛。能让所有人看起来都比平常漂亮、都比平常热情,也许就是银座街区特有的魅力。

在银座站下车,乘自动扶梯,再爬上楼梯,到达四丁目十字路口。这里是步行街,路面开阔得像个公园。道路中央稀稀拉拉地放置着配套的阳伞和桌子。

美砂望向和光大厦。朗人正站在展示橱窗前的人行道上一次次地看手表。不可能有年轻女孩来。仰脸看看头上,钟塔的时间整好显示三点。

"对啊!那天也是三点。"

将高跟鞋踩得琅琅有声,美砂步履缓缓自信满满地走到丈夫身边。

"让你久等了。"

美砂浅浅一躬,朗人慌忙摆手。

"根本没等!我也刚到!塚原小姐衣服真漂亮!果然有品位!"

令人肉麻的溢美之词。结婚前的朗人是这样说话的吗?结婚已近三十年,那些陈年旧事早已忘到九霄云外了。但他脑袋里已没有过去和现在的概念了吧,证据就是他用旧姓塚原称呼美砂。

跟朗人第一次约会见面,就在这银座和光的钟塔下,而且也是勤劳感谢日的三点。对他来说,现在的妻子跟二十五六岁单身时代没有区别。朗人红着脸说:

"那今天怎么安排?可以的话,逛逛银座。肚子饿了就去吃寿司!我知道又好吃又便宜的寿司店!"

记忆这东西真不可思议。他重复着跟那时的青年同样的台词。

"那先去商场看看?"

朗人率先迈开脚步。银座石板路还跟以前一模一样。美砂欢快地跟在陪伴了她大半个人生的丈夫后面。四丁目十字路口的信号灯变为绿色，接下来，在这热闹的节庆日黄昏，这对不再年轻的男女，将重温他们第一次约会时的喜悦与浪漫。

生　火

十二月的公园里漂荡着篝火的烟尘。

白烟穿透临近傍晚的阳光，被树干的身影分割成条纹模样。

今天是工作日，公园里有两个用混凝土块和拳头大小的石块垒成的炉子，其中一个因被附近的孩子们添进潮湿的落叶，正咕嘟咕嘟地冒着浓烟。

"眼睛疼得难受。"

坐在户外用折叠椅上的矶谷光弘"嗨哟"一声站起身来。年轻时曾不屑地以为只有老年人才这么"嗨哟"的，然而不知不觉间，自己也得"嗨哟"一声才能站起来了。虽说他总觉得自己还年轻，但毕竟已退休五年了，"嗨哟"一声很正常。

"喂喂，火烧旺前添进那种叶子可不成啊！"

三个男孩都像是小学高年级学生，带头的高个子男孩看看光弘的胳膊。光弘胳膊上戴着一个黄色袖章，用红色英文写着PLAY MASTER，是这座区建公园志愿者的标志。

光弘捡起散落在地上的树枝，戳了戳杂乱无章地堆积在落叶下的木头。堆得太紧，没留缝隙。

"生火的时候需要很多空气，木头加太多不一定能着起来。"

光弘把堆积的木头拨拉松动,将树枝的枝梢插进最底部的方木下面。用力撅起方木,拼命往里吹气。光弘额头上血管跳起老高,木头间积存的落叶发怒般地放出红光。马上就好啦!光弘又往里吹气,自己的脸也憋得通红。小指指尖大小的小火苗轻快地在茶色榉树枯叶上跳动,三个男孩发出欢呼:

"厉害!到底是 PLAY MASTER 啊!"

这点小伎俩算不得什么。以前东京也有些空地可以自由地点起篝火,这些孩子只是缺乏经验、没掌握诀窍罢了。光弘对带头的少年说:

"能去那边拿把团扇来吗?再稍微扇扇风,火就更旺啦!"

都冬天了,还穿着半袖 T 恤、五分短裤的男孩箭一般跑向资材小屋,小屋里有许多当作赠品收来的塑料团扇,跟锯子、锤子、柴刀等放在一起。在这块冒险广场上,只要跟 PLAY MASTER 打声招呼,哪家的孩子都可以使用工具,并按自己喜欢的方式燃起篝火。也可自由使用柴刀劈开方木或圆木做成柴火。虽有大人照看,稍微擦破点皮什么的都自己负责,孩子们可以自由自在地玩个痛快。

光弘去看另一堆篝火,这堆的木材已基本炭化。点燃后已过了近一个小时,火焰只蹿起一点点,但火力仍很旺。光弘把来公园路上在超市买的地瓜包进铝箔,考虑到开着口容易烤煳,光弘将大人胳膊粗细的地瓜仔细包严实,埋进烧得通红的炭火中。

"放进去三十分钟,喷香的烤地瓜就能吃了。"

从资材小屋拿来小铲,撮起边上的炭撒到银箔上。树这种东西一步也不能走,只能一直静静地站着,但它们囤积的能量可真惊人,竟能释放出这么多热量,其潜能绝对不是人能比得了的。摇曳的火影捕获了人的视线,散发出的热量能把冬天的身体暖个遍。

人是动物,虽说可按自己的意志自由行动,可同时这也成了不利因素。光弘就职于一家大型综合家电工厂,在重电部门一直干到退休。因差一点当上部长,在同期中算是混到中上水平了。退休后,他很快就在一家负责发电设备保养的子公司找到了差事。就势再干五年,接着挣养老金,这曾是光弘与妻子描绘的最后的人生蓝图。

然而,那家子公司太不靠谱。因为不得不一个接一个地录用被总公司输送过来的退休人员,公司虽然业绩坚挺,却长期处于人员过剩状态,年轻上司动不动就因鸡毛蒜皮的小错冲年长自己二十多岁的部下乱骂一通。

光弘做不到像这座公园里的树木那样静静地忍辱负重,勉强将就两年便到了极限。顺从公司辞退老员工的意向虽说窝火,但实在待不下去了。好在自家的独门宅院已还清贷款,不知是幸还是不幸,膝下无儿无女。退休金也一直存着基本上没动,因此,从那之后,他就这样在附近的公园当起了志愿者。他很羡慕妻子什么也不做,只沉迷于自己的爱好当中,但那种绝技他无论如何都学不来。

盯着火焰浮想联翩,时间过得飞快。看看手表,已超过三十分钟了。地瓜不会烤煳吧？光弘用木片将铝箔从炭火中拨出来,戴着劳保手套拾起来。烫得几乎拿不住。撕开铝箔,地瓜皮上的焦煳颜色恰到火候。

掰成两半,热气喷薄而出。吃一口尝尝,地瓜中心被烤成了金黄色,像甘薯点心似的黏糊糊的,好吃！

光弘双手捧着刚烤好的地瓜,向另一堆篝火走去。除了刚才那些孩子,又来了一个孩子和一个面色阴郁的青年。

"热乎乎的烤地瓜来啦！大家吃吗？"

三个一起的孩子欢声一片。新来的男孩又瘦又矮,他小心地盯着光弘,想必被父母叮嘱过不要跟不认识的大人说话。这孩子应该也上小学高年级了吧。

光弘掰开地瓜递给孩子们。篝火烤的地瓜算是上等佳肴了。

"来,小子,你也来吃！"

光弘把用铝箔包着的烤地瓜块递给孤零零远远站在一边的男孩,男孩默不作声地收了收下巴,接过地瓜,又用嘶哑的声音嘟囔:

"……好烫。"

光弘既非学校个人生活指导员,也不是儿童问题咨询处的顾问,虽说对他没精打采的样子有些放心不下,但还是没做过多理会,便转向了青年那边。

"你也来一块？"

他是因经济不景气而丢了工作的自由职业者吗？三年来没班可上的光弘深知无所事事有多么难熬。

"那就不客气了。"身穿黑色羽绒夹克的男青年说着，伸手接过地瓜。

光弘看了看他的指尖，纤细娇嫩，至少不像是干过体力活儿的手。

大家默默地吃着地瓜，两个大人和四个孩子，视线都集中在中间的篝火上。只要盯着火，就一点儿也不觉得无聊。加之又吃着同样的东西，竟产生了一种奇妙的一体感。

在场的人姓字名谁，光弘一个也不知道。这都无所谓。这里是任何人都能自由出入的都市公园，只要守规矩，爱干什么就干什么。严厉的上司、复杂的职场人际关系、必须完成的业绩等等，一概不存在。

又过了大约一小时，孩子们生起的篝火也只剩下灰炭了。放射热还相当有力度，但火苗已蹿不起来了。西边树林的枝叶间，网眼状的夕阳在冷冷地燃烧，三人小团伙中的一个说：

"我该回家了。"

男孩正要去停放自行车的地方，光弘说：

"不行不行，篝火就这么放着可不行，一旦生了火，就要负责到最后。"

"知道啦——"

真是老实听话的孩子。

"先在桶里盛满水,用不着浇太多。然后,剩下的人把捡来的公园布景石再放回原处。最后,确认火完全灭掉以后,用铲子把灰撮起来,丢到对面铁桶里。听明白啦?把这冒险广场恢复原状再回家,这样,明天又能开开心心地来玩火啦!"

光弘一天要在这里收拾几堆篝火呢?大多数孩子和大人都能严格按操作步骤清理干净再走,但仍有约两成人原封不动地扔下一地灰烬一走了之。还有人随心所欲地扔上柴火,熊熊燃烧的篝火还没灭掉就溜之大吉。粗大的方木完全烧透燃尽需要近两个小时。

孩子们嬉笑着开始了善后工作,只剩腼腆的男孩和青年还站着发愣。

"喂,那边的二位也来帮忙!"

听到光弘招呼,少年慢吞吞地迈开步子。两手搬起混凝土石块,往栅栏那边运,那里堆着烧过的石头。青年还在呆立着。

"喂,小伙子也帮忙呀!"

青年突然开口问:

"请问,做 PLAY MASTER 给工资吗?"

光弘瞥了青年一眼,后者一副百思不得其解的表情。

"唉,区里会发点补助,不过根本到不了这里。年轻人吃这碗饭可不妥当。"

"知道了,我也来帮忙。"

青年没戴手套,直接动手去搬沾满炭的又脏又黑的石头,这家伙挺认真,性格似乎也不坏,看起来什么都好。只要让他干点活儿,就知道这人是不是痛快利索。撮完灰的地面上冒着白气,孩子们撒上落叶后,已分辨不出直到刚才还燃着篝火的地方到底是哪儿了。

光弘以为青年只在那天来帮个忙罢了,不承想,接下来,他开始每天都来冒险广场了。

第二天相当冷。冰冻过的冷雨针尖般无声地打湿了广场,公园里几乎不见人影。光弘因为要值班,便在衣服下面套进冬季登山穿的内衣又来到公园。

开了资材小屋的门,巡视广场。多亏半夜起下的这场雨,整晚都没有不守规矩出来点火的人。光弘将绳索系到蓝色塑料布上,在树木间拉起一张防雨布。今天就想办法在这张防雨布下打发时间吧!傍晚早些打道回府。

天太冷,光弘想生堆火取暖,刚开始搭炉子,身后就有人招呼:

"你好!"

是昨天那个青年。上身还穿着那件黑色羽绒服,下身没穿牛仔裤,而是换成了化纤运动裤。

"我也来帮忙。"

青年手上戴着一副崭新的劳保手套,跟光弘一起搬开了石头。

"有劳你啦。"

两人默不作声地搬来拳头大小的石头,搭起圆形火炉。将三角形的碎木片放在揉成团的报纸上面,木片上再摞上粗树枝和木材。见青年饶有兴趣地看着自己做这些,光弘就将生火步骤简明扼要地给他讲了讲。

准备周全后,用百元打火机点着报纸。白烟瞬间冒出,马上又引燃木屑,升起透明的火焰。

"很专业嘛!"青年盯着火堆,乐呵呵地说。

"是啊,每天都做嘛,再不喜欢也成专业的了。尽可能不让它冒烟,关键是火的引燃顺序和留出导入空气的通道。哦,小伙子,你怎么称呼?"

这青年肯定打算今天也在这里待一整天了。在这种地方,多数情况下很难问出姓名,不过没个名字不太好相处。青年很有礼貌地说:

"我叫村岛治朗。"

十二月忙得不可开交的时候,竟连续两天在公园里玩火,光弘判断他要么是没工作,要么是被公司炒了鱿鱼。就不打听他生计方面的情况吧,没想到治朗倒先提起这个话题来。他主动解释道:

"我是办公设备制造厂的职员,说出来丢人,已经停职两星期了。我精神方面好像有点问题。"

光弘脑中闪出不把人当人待的公司,自己辞职之前的几周里,也经常夜不能寐。

"我不是你父亲,也不是你上司,用不着难为自己非要说什么。"

光弘在地面上竖起一块手边的废料,应该是谁家当柱子用过的木料,二十厘米见方,非常敦实。他瞄准废料,刷地劈下柴刀。刀刃砍进废料,抬刀时连同废料整个带起,再撞击到地面上。两次,三次,重复劈下,废料咔嚓一声裂为两块。

"这挺有意思啊,让我也劈会儿吧。"

为什么男人都喜欢劈木头啊?光弘点点头,把刀刃已经发黑的旧柴刀递给他。

"喜欢这差事的话,要多少有多少。小伙子,你今天有空?"

"嗯,每天都是星期天。"治朗笑着应道,同时劈下柴刀。

刀刃擦过废材一端劈进地里。

"没想到并不简单啊,伸手干过才知道。"

光弘点点头说:

"算不得什么,只是习惯问题。小伙子,你要干的话,堆成山的木头有的是。这样干下一天来,明天就成名人啦!不过,可要磨出满手泡喽。"

为这座公园提供生火用建筑废材的公司有好几家,地板木料、柱子、拉门等在一个带屋顶的资材投放场中堆了一辆卡车的量。有时间的时候,为孩子们预先准备下柴火也是 PLAY MASTER 的工作之一。

"知道啦,那我就帮忙劈柴火吧!"

治朗在随后的大约两个小时里,闷头用起了锯子和柴刀。搬运木材锯分开来,太粗的就用柴刀劈开,再堆到资材投放场角落里。青年干得热火朝天,不知不觉中,羽绒夹克已甩在一边,身上只剩了一件薄薄的运动衫。

光弘把炭灰集中在炉内一角,又烤起地瓜来。既然能烤地瓜,说不定烤牛排什么的也不错。烤好面包,夹着撒满芥末和盐的肉吃,肯定是顿美味午餐。

光弘没再多问青年的私事,他自己也不想主动说什么。昨天,那男孩刚好在地瓜快要烤熟的时候又来了。不是三人小团伙中的,而是单独来的腼腆的那个。少年手里撑着伞,不声不响地站在篝火旁。光弘说:

"嘿,来得真是时候,地瓜马上就要烤好啦!"

男孩眼里没有一丝感情,透镜般的双眼只是朝向这边而已。最近,都市公园里这样的孩子多了起来。跟他们搭话,就像石子扔进泥水里,无论如何也听不到回音。他们的反应甚至让人无法判断自己的意思是否已传递过去、他们是否听懂了自己说的话。

"能借你的伞用用吗?"

男孩子将塑料伞递过来,依旧面无表情。光弘接过伞,戳戳头顶上的塑料布。积存的雨水把屋顶般拉起的塑料布中央压成了弧形。

"发洪水喽！"

光弘喊声"一、二、三"，将积水抖落下来。随着好几桶量的雨水哗啦啦地拍打在地面上，男孩第一次现出感情变化，咧嘴笑出了声。

三人把粗大的方木放在篝火前，并排坐在上面分烤地瓜吃。篝火炙烤的地瓜跟用微波炉温热的店售地瓜香味明显不同。就连并不怎么喜欢地瓜的光弘，也将有大人胳膊一般粗细的地瓜吃得精光。

"今天只有咱们三个，来点特别的！"

光弘从小背包里摸出黄油。

"大家都把自己的地瓜准备好！"

治朗和男孩都一脸期待地将铝箔伸出来。光弘把大块的地瓜用黄油刀一切两半，又将黄油块塞进冒着热气的切口。金黄色的液体渗进了黏糊糊的地瓜瓤里。

"吃了这东西，就不会再把咖啡店的点心放在眼里啦！"

光弘自己也吃了一大口涂了黄油的地瓜，黄油的咸味跟地瓜的甜味融在一起，好吃得没话说。男孩和治朗都吃得津津有味。光弘吃饱了，又在火里添进新柴火。到傍晚还有很长一段时间，这些木料烧尽的时候，今天的工作也该结束了。

光弘把一根柱子的燃烧时间当作钟表来计时了。

第三天，天空阴云密布。

空中闪着暗灰色的光，地面上不见一丝云的影子。气温比昨天下雨的时候降低了许多，仅有零上二三摄氏度的样子。光弘在公园附近的超市买了面包和牛排肉。那两人肯定还会来，预感很强烈。昨天，男孩和治朗在冒险广场待到四周完全暗下来，彻底收拾完后才回家。

光弘到公园时，治朗和男孩已经开始搭建石炉了。平常最多是大约两层的低炉，今天他俩竟异想天开地堆了个高至膝盖的圆炉。治朗快活地说：

"早晨好！这孩子名叫林壮太，跟我一样，也不去上学。"

"早啊，是这样啊！"

光弘感觉挺奇怪。以自己的眼光看，他们都是心智健全、身体健康的人，要么不去上学，要么长期停职，在当今日本，对一般人来说，融入普通的组织有这么难吗？自己这辈子已不再受组织关照了吧。这样一想，他既感到幸运，又觉得对治朗和壮太心怀歉意。治朗冲光弘使了个眼色说：

"壮太，自己生堆篝火试试？开始该怎么做来着？"

壮太的声音极其微弱，毫无自信可言：

"把容易点着火的报纸揉成团。"

新上任的 PLAY MASTER 又问：

"然后呢？"

"嗯——放上碎木片。"

"说对了！最后加上大块柴火。最关键的是什么来着？"

男孩脸上浮现出笑意，唱歌似的说：

"烟要尽可能少，要在火里开条空气通道！"

"正确！那一块儿生堆篝火吧！"

把跟别人学的东西第二天再教给另外的人。这不正像自己的人生吗？将一两件珍贵的东西传给下一代后死去，一个人有过这番经历不就挺好？光弘没有子女，钱财也留不下多少吧。不过，无论多么富有的人，能留给他人的东西都极为有限。

这俩小子应该没问题了。想到这里，光弘开始动手搭建另一个火炉。

那天，冒险广场上搭起了三个炉子。

午后时分，几位妈妈结伴来到公园，她们生起一小堆篝火，在一次性木筷子头上插上果汁软糖烤着吃。太阳落山前，妈妈们回去了，天暗下来时，又只剩下他们三个了。

治朗和男孩正在一个大火堆前将废材劈成柴火，光弘冲两人喊道：

"今天干得不少啦，休息一会儿，吃点比地瓜还充饥的东西！"

经过治朗两天的劳作，资材投放场上的木材约有一半变成了排列整齐且长度统一的柴火。光弘取出平底煎锅，把黄油碎片扔进去。先将插着面包的树枝像围住篝火似的竖起来，靠在火炉上，平底煎锅一冒烟，又把蒜瓣和牛排肉整个放进锅里。煎牛排用旺火好，稍有点焦煳更香，烤肉发出哔哔剥剥的声音也不用害怕。牛排是澳大利亚产的瘦肉，不太贵。可能是因为上了年纪，光弘一点儿也不觉得带有肉筋的高级西冷牛排有多美味，仿佛能直接嗅到牧草的清香、肉质结实的瘦肉，就算硬点也好吃。

"牛排三明治？真是大餐啊！"

治朗探头看看光弘手边的吃的。

"没错！把那边的卷心菜切成三份。"

半个冬卷心菜是当配菜买的。治朗笨拙地用刀切开卷心菜，菜心都没剜去。光弘把牛排放在面包上先递给壮太。

"给，沙拉！"

壮太一手捏着三明治，一手拿着卷心菜切块，一副不知所措的样子。

"这卷心菜怎么吃？蛋黄酱呢？"

光弘笑了。

"没有蛋黄酱，适当蘸点盐就能吃，不是吗？咬一口牛排三明治，再吃一口卷心菜尝尝！"

接下来他又做了一个递给治朗，这个上面加满芥末。壮太张大嘴，使劲儿咬了一口牛排三明治，旋即大叫：

"肉好吃！"

接着又在卷心菜上撒上盐，一口咬住。小小的门牙下发出水分被挤出时清脆的声响。

"哇——卷心菜真甜！"

治朗问少年：

"壮太，真有那么好吃吗？"

男孩拼命点头，大嚼特嚼嘴里的三明治。肉好吃是好吃，就是太硬。

"那就不客气了，我也先吃了。"

"啊，都吃干净！我已经不怎么需要吃肉了，上了年纪，也不用再干活了。"

光弘慢条斯理地做着自己那份三明治。在篝火旁给自己做东西吃，为什么只是这点儿事就令自己如此心满意足呢？人其实很单纯。

吃完东西，四周全黑下来了。三人各找地方围着篝火取暖。壮太干了一天的体力活儿，像是精疲力竭了，他把瓦楞纸铺在地上躺了下来。光弘发起呆，壮太和治朗则热烈地讨论起什么，能听到他们提到"学校""公司"这些词。篝火里没必要再添新柴了，只需等木炭烧光完全变成灰就好。应该至少还需要整整三十分钟。

"我觉得学校那边，你还是去比较好，你妈不放心，这不难理解。"这是治朗的声音，他教诲似的对男孩说。

"可我真受不了那学校！往班里一坐，气都喘不动了。就像一直让我吸进烧得不好的篝火的烟似的！"

壮太的声音里似乎带着哭腔。光弘想起自己最后的公司职员时光。的确，那里的办公室空气污浊，就像充斥着篝火的烟尘。壮太又说：

"净对我说这些，治朗哥也不上班了，不是吗？其实，你跟我一样嘛！"

事实确实像男孩说的那样。用脑袋想想，不管学校还是公司，正常出勤最好。这道理谁都懂，然而身体却发生抗拒反应。人不可能仅靠头脑的判断而生存，如果真能那样，光弘也不必辞职，安安分分地工作，生活应该比现在稍微轻松些。不敢有太多奢望，至少每年带结婚几十年的妻子去海外旅行一回还是可能的。光弘决定不插话打断他们。自己已是退休之人，接下来就让两个年轻人自己思考，让他们自己决定未来的路该怎样走。

治朗充满自嘲的声音也饱含着苦楚：

"说的是啊！我也没资格净说漂亮话。我害怕去公司、害怕公司里的人际关系，一下子停职两个星期！肯定没有出头的门路啦！"

光弘本想说："漫长的人生中，两个星期算得了什么！"他却一声不吭地抡刀劈柴。粗大的树枝爆裂开来，噼里啪啦地火星四溅。治朗和壮太慌忙掸去迸溅到身上的火星。治朗突然笑起来。

185

光弘不明所以。猛地爆出的笑声以不逊于篝火火焰之势越来越响,最后青年抱着肚子笑出了眼泪。

"哈哈,真奇怪!我前天来这儿前,感觉自己要死了。连班都不能上的废人活着还有什么劲儿!可在公园吃完这么好吃的地瓜和牛排后,心思竟全变了。现在,看到了吗?这么点火星子飞出来都赶紧嚷嚷着烫,一旦死了,肯定连烫伤什么的都感觉不到了。"

治朗透过篝火一脸认真地盯着光弘,随后将目光转向男孩说:

"我说壮太,如果我能去公司的话,壮太你也去学校试试看吧。"

光弘心里一紧,他要说什么?

治朗对光弘点点头说:

"矶谷先生,请为我和壮太的约定做个证人吧!以前我怕自己吃亏,所以不得不去公司;怕落在别人后面,所以不得不去公司。一直焦虑得要命,可无论如何都不行。不过,要是不为自己而是为别人的话,倒觉得公司也是可以去的了。"

活了六十多年的光弘,受托做证人还是头一次。

"证人难当啊!我只是 PLAY MASTER,可不敢对别人的人生说三道四。"

壮太右手里还捏着卷心菜,他说:

"哪有的事呀!矶谷大叔是篝火名人,又是料理名人,只要跟矶谷大叔在一起,我就开心得不得了。"

治朗也频频点头。

"这三天真是承蒙您关照了。这里的篝火真的很暖和,不光暖和身子,这光亮连心底都照亮了。等我离职退休以后,也想像矶谷先生这样做个 PLAY MASTER。可能还得等将近四十年,但这是真心话!"

烟尘好像钻进了眼里,光弘热泪盈眶,窘迫不已。

"我明天就给公司打电话,告诉他们我下周开始上班。壮太,怎么样?要是哥哥我能在公司坚持一周,你也要去上学!说定了?"

男孩盘腿坐在瓦楞纸上,抱着胳膊合计起来,他盯着火焰片刻说:

"好吧。感觉害怕得都要叫出来了,不过说定了的事就得咬牙试试,咱拉钩发誓吧!"

三人围住篝火,把小指勾在一起。一根是六十多岁枯枝似的手指,一根是青年幼树般笔直的手指,最短最水灵的则如同五月的新绿芽,是小男孩光洁的手指。

光弘心想:这真不可思议。十二月的这三天,自己完全被别人的心拴住了。一定是篝火的火焰把人心都熔化了。火焰里有能深刻地改变一个人的力量。光弘想起自己被迫辞职的那个冬天。那时不也是因为每天都重新生起一堆火,才得以保全几乎死去的心吗?

壮太把卷心菜扔进篝火,火星猛地蹿起,飞向公园的夜空。

"可是,到我回学校还有一个多星期呢!我每天还要来这里生火,想给矶谷先生帮忙嘛!"

要是自己有孙子,差不多也到这年龄了。光弘细细端详这个不上学的少年,尽管脸上被烟灰熏得有点黑,看面相绝对是个聪明伶俐的孩子。治朗的脸也被火焰映得通红,他说:

"一直到星期天,我也都来。说起这篝火,威力真惊人啊!来这里三天,虽说没跟任何人商量任何事,当然也不是一直都烦躁,可不知不觉中,自己心里就有了答案。感觉像是生火上了瘾。"

光弘笑笑,拨弄了一下燃烧着的柴火。必须不断输送新鲜空气,火焰可能跟人心很相似,所以篝火的热量才能附着到人的身上吧!

今年的冬天最好很冷很冷,光弘心想,那样就会有很多人来公园享受生火的乐趣吧!光弘激动得无法自已,抬手将身边的小枝投进火焰中,枝梢上的枯叶吱啦吱啦地蜷缩着燃烧起来。点燃篝火的最佳季节就要到来。冬天,许许多多的人将聚集到火的周围。

出　发

从玄关那边传来一声震响。

川西晃一在被窝里睁开眼，目光转向枕边的闹钟，五点十五分，朝阳还没照到窗帘上。可能是小偷。

"喂，起来！玄关好像有人，我去看看。"

旁边的被子里，妻子亚纪子正盯着自己。大概又做噩梦了，一睁眼，眉间就刻上了深深的皱纹。尤其诉过一番更年期综合症的苦后，妻子脸上就再也没有了开心的表情。身体不适、腰痛、浑身发热，原因不明的体况不佳整天挂在嘴边。

刚入春不久，黎明时分天还很冷。晃一在睡衣外套了件摇粒绒外衣，轻手轻脚地走向玄关。混凝土水泥地角落里倚靠着一柄好像特意为此刻准备的木刀，木刀是独生子辽治上中学时，为去郊游买回来的。

晃一将有些发黑、已有年头的木刀握在手里，趿上了拖鞋。玄关门是日式拉门，中央镶着毛玻璃。门锁得好好的。

"这个点儿到底是谁？"

以为永远年轻的晃一已经五十一岁，体力大不如前，他自己也心知肚明。披着开衫的亚纪子浑身颤抖地站在走廊上。决不

能在她面前露出怯意,晃一用尽腹底之力又一次大喊:

"我家没钱!要偷东西去别处!"

冷汗使手中的木刀直发滑。拉门那边没人应声。对方是说不出话还是听不懂日语?晃一向前迈了一步,这时拉门嘎啦嘎啦地响起来。

"啊——"

妻子在背后厉声尖叫,晃一也觉得毛骨悚然。有什么东西贴着镶有毛玻璃的格子门滑落下去的声音。

"你小子是什么人?"

晃一吓得要命,但嗓门儿挺大。就这样停了一分钟后,晃一仍保持着架刀向前的姿势开始试探玄关外的动静。不见任何风吹草动,也听不到任何声响,可疑人物跑了?晃一靠近拉门,眼睛贴在门锁上方的窥视孔上。仅数步之遥的大门前,只见铝门洞开,人影全无。

晃一壮着胆子拧开门锁,缓缓拉开拉门。清晨的冷空气向晃一光着的脚涌来,玄关前一个人也没有。晃一回过身正要招呼妻子:

"纯属无故扰民……"

亚纪子光着脚跑过来叫道:

"辽治!老公!这不是辽治吗?"

妻子推开丈夫在玄关前蹲下,晃一也总算看明白了,一个身穿黑色羽绒夹克的青年正倒在那里。衣服似乎穿得相当旧了,

肩部和腰部贴着同色胶条,肯定是为了修补夹克上的破洞。妻子摇晃着儿子说:

"辽治,起来!怎么啦?怎么不说话?"

晃一也在倒地不起的辽治身边坐下。儿子的额头依旧抵着地面,像是失去了知觉。伸手按在他脖颈上,心跳倒是有,身体却冷得厉害,脸色也跟玄关的混凝土地面颜色无异。

"赶快让他进屋躺到被里!"

亚纪子看着面目全非的儿子泪流满面。晃一将胳膊伸到辽治两腋窝下,用力拖拽个子比自己都高的儿子,没想到他的身子很轻。二十五岁的小伙子,饭都吃到哪儿去了?晃一费力地将儿子拖到玄关,拽进起居室。辽治的房间还在二楼,保持着以前的模样,但晃一一个人实在不可能把他扛上楼梯了。

亚纪子坐立不安,不知如何是好。

"辽治快死了!咱家孩子死……"

"别乱说!快铺开被褥!"

晃一深吸一口气,将儿子的身体放倒在榻榻米上。破了洞的不光是羽绒服,牛仔裤也一样,辽治全身沾满了泥污和尘土。

"得叫救护车!"

"这么丢人的事也能做得出?!先观察一阵子!"

晃一扶脱掉上衣的儿子在亚纪子铺好的褥子上躺下,给他盖上毯子,又把起居室的空调暖风开到最大。刚才触碰到的身子冰柱一般僵冷。经济固然不景气,可在物质丰饶的现代社会,还会有死在路上这种事吗？晃一抱臂胸前端坐在被褥旁，紧盯着脸颊上好像蹭上了泥的儿子。

独生子辽治身上承载着川西家的全部希望。

晃一把身为父亲该做的事全为儿子做了。他要把儿子培养成一个不给任何人添麻烦的讲礼貌的孩子；一个喜欢读书、能够自己主动解决问题的孩子。当然，儿子必须成绩优异出类拔萃。小学时期的辽治是晃一夸耀的资本。辽治不管上几年级都担任班委，六年级时还成了统管全校学生的儿童会的议长。这男孩待人和善、体贴有度，不光在学校成绩骄人，还会用自己的头脑做些深刻思考。

照这势头发展下去，他会长成什么样啊？令晃一如此期待的辽治，上中学后却与小学时的他判若两人：动不动就顶撞父母，在家里也不正儿八经地说话，甚至看都不看父母一眼。起因是中学入学考试的失利，是晃一硬让辽治报考偏差值超出他自身实力两三个档位的初高中一贯制学校造成的。

"光耍嘴皮子的话，说什么都可以。要认清日本社会唯学历论的事实！为今后一生考虑，就业必须进大企业！"

就职于东证一部①上市公司——某大型住宅建造企业的晃一常常偷着得意。要干大事、要得到比一般人更高的薪酬，必须

---

① 东证一部：东京证券交易所负责大型公司上市的部门。

进大企业。为此,考上一流大学是必不可少的一环。

升中学考试失利后,父亲越发想让儿子将热情投入到学习中,而儿子却迎来了自我觉醒。没过多久,顶撞就在不知不觉中演变为毫无商量余地的直接拒绝。

亚纪子用毛巾蘸着温水给辽治擦脸。跟父亲不同,辽治有着略带神经质的面相,肯定是遗传了他饱受更年期抑郁之苦的母亲。

"瘦成这样,真可怜……老公,你对辽治太狠了!"

"我哪儿狠了?看看眼前!世道对辽治更狠!在工厂里任人摆布!这小子就是条败犬!夹着尾巴逃回来的败犬!"

辽治从普通高中毕业,但他坚决不上大学,说要在自己喜欢的游戏和音乐世界里生活下去。"没有才华就别做些不切实际的白日梦!"遭晃一严词拒绝的辽治找到份外派差事后就离家搬进了工厂宿舍。一晃五年,辽治跟妻子似乎隔三岔五地有联系,对晃一却没有只言片语。过年和暑假也从不回家。攒足了假就揣着打工挣的钱去泰国、印尼、越南等东南亚国家穷游——据说这是他的爱好。对未来不做打算,纯属不务正业。

"什么败犬?"亚纪子声音不高,却很有力量,"净对自己儿子说这种话!"

"当然!瞧这小子的脸色!一个大好年纪的成年人竟然因为营养失调晕倒!吃了苦头就回家找妈,这不是败犬是什么?"

尽管对儿子担心得要命,可晃一嘴里只能说出这种话。亚纪子噘起嘴无言以对,他们两口子间的对话总是单向的。辽治发出鼾声,听起来像是很难受。他干裂的嘴唇呈紫色。

"我该准备上班了,没心情再睡!快给我做早饭,顺便给辽治煮碗粥怎样?"

亚纪子慢吞吞地站起身,几分钟后,厨房那边才传来水声。这几年妻子像个老人似的动作越来越慢了。晃一仍抱着胳膊,又在独子睡卧的被褥旁坐了一会儿。

晃一眼中,儿子睡梦中的侧脸与他小学生时代圆鼓鼓乖巧可爱的面影重合在了一起。自己哪里错了?这孩子为什么不乖乖听父母的话,偏拣些既危险又吃亏的路走呢?无数疑问在晃一脑中挥之不去。

晃一从郊外住宅区到位于东京八重洲的公司上班,路上要花一小时十分钟。由于只要乘坐中央线一趟车就能到,时间尚可,上下班路上还不算太辛苦。人为了生存,每天去上班是天经地义的,不该对上下班交通这点儿事牢骚满腹。

在公司自建大楼六层的人事部里,晃一背对窗户坐下来。晃一一直在招聘科负责应届毕业生的录用工作。部长五十五岁,比自己大四岁,正常情况下,明年将升任董事。晃一的职务是有四个名额的部长助理,按资历序列排在第三位。相对于中老年职员的人数,这家公司的相应职位也明显不足。

晴空下的八重洲商务街绝对值得一看。虽然经济萧条,但东京都心写字楼的建设热潮仍在继续。在春日晴朗的天空下,玻璃墙面、金属骨架,设计简洁的高楼大厦鳞次栉比的光景宛如西方影片开场时的航拍镜头。

然而,背对这一场景开始办公的晃一并无工作可做。因去年爆发的金融危机,住宅项目的数量锐减,今年的高层会议早就做出了应届毕业生零招收的决定,这种事自十多年前的山一噩梦[①]以来从未有过。去年招聘市场还是异常火爆的,晃一亲自上门联系各大学就业科,到处请人介绍优秀学生。短短一年时间,经济就跌进了深渊。今年各大学推荐的学生蜂拥而来,公司却只能将他们全部拒之门外。因为晃一在大学就业科有好几个对脾气的朋友,这可真是份让人不爽的差事。

他看了经济新闻,再次仔细阅读已经浏览过一遍的报告书。今天不开会,也没有跑外事务,怎么打发时间呢?正犹豫不决时,桌上的电话响了。

"喂,我是川西。"

"啊,今天下午没事吧?四点有个紧急会议,除了无论如何都走不开的事,最好正点到场。"

来电话的是人事部部长平本。

"明白!会场在哪儿?"

---

① 山一噩梦:指有百年历史的日本山一证券公司于1997年破产的事件。

"最顶层的展厅。请把这件事也传达给人事部四十岁以上的同事。"

"好的,这就办!"

晃一对近旁的部下招呼道:

"紧急会议!四十岁以上人员的必须到场!现在不在的也一定要通知到,听见了吗?"

才三十岁出头的主任扬起脸:

"收到!这时候开紧急会议,什么事啊?"

"不清楚。莫非社长要谈顾客的精神潜力?全员要团结一心共渡危机?唉,确实不清楚有什么事。"

晃一将目光转回经济新闻:去年十月起到今年春季,全国有失业的非正式员工十五万八千人、正式员工九千九百人,取消内定录用人员超过一千五百人。事态非常严重。他早就跟辽治说过了,永远别做自由职业者,去哪家公司都行,一定要钻进大企业当正式工!

晃一复印过报纸,将那则报道剪切下来,仔细地贴在收集就业形势及录用信息相关报道的剪报簿上。

最顶层是二十二层,窗外可见刚刚改建的东京站八重洲口和多道站台。夕阳照耀着日本首屈一指的商务街,一幢幢高楼宛如一块块透明的橙色幕布。铺有地毯的展厅本来是聚会用的房间,天花板有其他楼层的两倍高,悬挂着豪华的枝形吊灯。

规模不亚于体育馆的展厅里摆满钢管椅,距四点还差几分钟,但已基本没有空座了。这样看看,日本社会终归以男性为中心。展厅里四十岁以上的女性人数还不足两成。

正面台子上,社长和董事共三人坐成一排,屁股下是同样的钢管椅。这时,人事部部长平本上来,面冲讲坛上的麦克风说道:

"现在,紧急会议开始!先请鹤冈社长致辞!"

社长身材矮小,但是个能让人感受到异样能量的人,因此也具有相当大的魅力,让人不难理解,六十五岁的他仍有两位情妇的传闻。社长尖厉的声音响起:

"近来,受世界金融危机的波及,日本实体经济也正承受着急剧下行的压力!"

"咦,真怪啊!"晃一暗想,"开场就这么压抑,这可不像强势的社长的作风。"

"我们住宅建筑行业的新项目数量也比去年下降了两位数!当前尚无法预见本次危机将何时触底。"

社长就势继续谈了同时期国际方面的经济萧条,以及自己公司面临的严峻形势。晃一正琢磨什么时候会说到老生常谈的斗志论时,他竟虎头蛇尾地结束了致辞。坐满骨干职员的最顶层会议厅人声嘈杂起来。晃一也预感到有什么不祥的事情即将发生。人事部长出来说:

"下面,进入紧急会议的正题。请各位用心听好!有请源董事!"

源是负责总务与人事的专务。头发稀疏的他,微微一躬后开始发言,语调沉重得像在读一份悼词:

"我司已削减董事报酬、暂停雇用外派员工。尽管如此,新业务的业绩仍在一路下滑,持续减少。本次会议关乎在座诸位的切身利益,为避免解雇正式员工,公司已无良计可施。今天开会,为的是征募符合新制定的提前退休制度的人员。"

嗡嗡的低语声在会场中蔓延开来。晃一也发起了呆,没想到自己会被公司逼到这个份儿上。为提前退休人员制定的新制度,就连身在人事部的晃一也是第一次听说,这个制度肯定是在极隐秘、极匆忙的情况下制定的。

源专务又说了大约十五分钟,但晃一一个字也没记住。没记住也不成问题,离开会场时,被集中起来的每位骨干职员手上都被塞进一份写有新制度细节的文件。

退休金补贴是二十八个月的基本工资,这算是公司能做到的最上限了。在场二百人中,裁员退休一百人,余下一百人转职到子公司,薪酬大幅度降低。这真可谓"去也地狱,留也地狱"。

躬着背离开会场的晃一心情沉重。危险的不光是非正式员工,连自己这样的正式工也同样在劫难逃。他一直坚信只有自己身处安全堡垒,没想到在狂风暴雨中竟要被赶出堡垒了。电梯里没一个人多嘴多舌。晃一的感觉没错,专务的话就是送给在场员工的悼词。

那天晚上,晃一没加班,一到下班时间就回了家。

他尽管精疲力竭,却丝毫没有食欲。因为接下来就要面谈了。等待着集中在会场的裁员预备部队的,是不久后的单独面谈。两周内,所有四十岁以上的职员都将被个别劝退。回到人事部,部内空气一下子冷下来。年轻职员都不愿跟骨干前辈们有眼神交流。下班前自己都做了什么,晃一根本没印象。回家路上也一样,他连自己坐过电车都没印象了。

晃一不声不响地拉开玄关拉门,玻璃上还留有像是蹭过泥的痕迹,辽治早晨的模样在脑中复苏了。受到那场紧急会议的冲击,儿子的事竟已忘得干干净净。听见玄关有响动,亚纪子走了过来。

"回来啦?今天我带辽治去看了医生,你猜怎么了?"

亚纪子莫名其妙的兴奋让晃一很不痛快。晃一一言不发地脱下皮鞋进了玄关。辽治的旅游鞋破破烂烂,脚尖破了个洞,颜色褪得都看不出原色了。妻子喜滋滋地说:

"说他的晕倒是极度疲劳和营养失调造成的。大夫说,这种情况最近很罕见呢!"

晃一听父亲说过战败后混乱时期的惨状,但实际上,辽治是晃一见过的第一个因饥饿而昏倒的人。六十年过去了,时代又轮回回去了?

"是吗?辽治在哪儿?"

"在楼上屋里躺着休息。听这孩子说,他是花了近十天工夫从名古屋一路露宿着走回来的呢！"

这的确让晃一大吃一惊。

"什么？这小子连车钱都没有？"

亚纪子摇摇头。

"说是没有。只能像江户时代的人一样走着回来。饿了就进路边的便利店要过了保质期的便当吃，渴了就喝公园的水，就是这样回到家的呀！男孩子到了紧急关头，可真了不得啊！"

真惨啊！妻子都要哭出来了。川西家的独生子进便利店求人家施舍快要腐烂的便当吃！直到一年前，这种奇闻他还无法想象吧！儿子露宿街头忍饥挨饿，老子被指名道姓地列为裁员对象，这就是世界经济大国的国民形象？晃一在昏暗的走廊里浑身颤抖不能自已。

晃一在刚刚超过半个世纪的人生中，还没遭遇过如此可怕的境况。这个家该怎么办？他完全看不到自己和儿子的未来。

晚餐吃的菜还是在附近超市买的熟菜。

患上更年期抑郁症的亚纪子很难做好厨房里的活儿，准备好酱汤和热米饭已到上限，剩下的就是想尽办法把现成的小菜摆上饭桌了。晃一一坐下就问：

"辽治呢？"

亚纪子提心吊胆地看着丈夫。

"说现在没什么食欲，傍晚喝过粥了。"

一瞬间，晃一也有些犹豫。就此让步的话，岂不是马上就会形成家庭内分居的状态？

"叫辽治下来，吃不吃都不要紧，跟他说至少吃饭时要露个脸。"

妻子阴着脸爬上楼梯。不消片刻，从上面传来"快去快去"的催促声。脸色铁青的辽治被亚纪子推搡着后背下了楼。辽治泡过澡，换上了运动套衫，就这点变化却也给人焕然一新的感觉。

"回来了，老爸。"独生子耷拉着眼皮说。

这是时隔五年的问候。晃一也不愿跟他对视。

"啊，你也回来了啊！"

晃一端起汤碗，啜了口酱汤。亚纪子嗓门儿大得几乎破了音：

"哎呀，没有辽治的汤碗啊，这就去准备。"

亚纪子去了厨房，八块榻榻米大小的茶间里只剩下父子两人。辽治说：

"抱歉突然回来。一月份，老板说明天起没活儿干了，我就去名古屋找了几份工作。结果，哪儿都没戏……身上的钱也用完了，去哪儿也没着落。"

他的声音像是硬挤出来的。白天刚在公司听过裁员之说的晃一，能够想象辽治当时的惊惧。录用职员时那么慎重的企业，解雇职员时却丝毫没有犹豫。然而，在公司干了近三十年的晃一很理解这一点。企业跟人体一样,如果身负重伤,手脚的血流受到抑制,人就会变冷变僵。为求生存,生命资源都会被集中在躯体的中央部位。这样看来,辽治和自己作为手脚末端,任何时候被砍掉抛弃都不足为奇。

"这两三天肚子太饿,走着走着就出现了幻觉。"

"什么幻觉?"

辽治一动不动地盯着这边。

"大都是学生时代的朋友,外派单位的同事,老爸老妈也出来了。比现在年轻十岁,是我小时候的模样。你们俩就站在国道旁的人行道前面,路上卡车嗖嗖地开过去。老妈说,快来这边!"

晚饭难以下咽,什么滋味也尝不出来。晃一嘴里塞满了吃的,问道:

"我什么也没说?"

"嗯,什么也没说。就在前面一个劲儿地走。"

"是嘛。"

辽治眼圈儿红了。

"真可怕。我以为自己肯定会死。"

这时亚纪子从厨房里端来了菜碗和汤碗,辽治慌忙用指尖擦去眼泪,亚纪子瞪了晃一一眼。

"老公,快别责备辽治了。他身子虚,还没完全恢复。这孩子刚才还打着点滴呢!"

晃一嫌烦没应声。辽治像开玩笑似的说：

"不过,什么也不吃地连走两天,身子慢慢就麻木了,轻飘飘的,感觉就像走在云里。"

亚纪子也坐到桌边,她开心地说：

"老公,能想象得出吗？这孩子到家的时候,身上只有二十六块钱！这么大的一个大人,只有二十六块钱！笑死人啦！"

亚纪子真的哈哈大笑起来。这点钱深深地震撼着晃一的心。为建设一个能使孩子们的生活比自己这一代更丰足的社会,战后的日本人可谓一直在拼搏。在几代人逝去后,却弄出这么个结果。大学毕业的晃一,其儿子才高中毕业,连个正式工都当不上,口袋里揣着两枚十元面值的硬币流浪街头,忍饥挨饿。当然谁也没错,可实在无法接受。

"那辽治有什么打算？"

独生子叹了口气说：

"知道知道！没打算一直赖在家里啃老,在东京找找工作看看,不挑肥拣瘦的话,应该会有什么可干。"

"是吗？好啊！那加把劲儿吧！"

亚纪子尖叫似的嚷嚷起来：

"胡说什么！一定要先好好休息,恢复体力啊！家里这边不管辽治歇多久都没问题,对吧？老公,说的是吧？"

晃一无话可答。工作是一种非常烦琐的日常性事务,一旦懈怠就很难恢复原有状态。且不说儿子,自己以后该怎么办?在这种情况下,对妻子、对辽治,他都无法开口说出被裁员一事。

晃一把酱汤和白米饭吃下肚后就进了浴室,想一个人清静清静,慢慢合计合计。在婚姻生活里,没有比孤独更奢侈的事了。

几天后,同期的佐佐木来访人事部。他在资材供应部也干到了部长助理。

"时间方便吗?"

晃一手边没工作,跟部下打了声招呼后,进了公司内的咖啡厅。佐佐木选了边上一张没人的桌子,压低声音说:

"不好意思啊,看在同期的份儿上,能不能透露点这次的裁员方案?川西,你是人事部的,应该多少听到点风声吧!留在公司的话,待遇怎样啊?"

最近,常有其他部门的朋友来打听同样的问题。

"除正式发布的信息外,其他的我也不是很清楚。转职到子公司,那边就算作是总部外派来的。薪酬一律削减三成,不就是这档子事嘛!"

忙碌了二十多年的正式员工,只要在一张破纸上签过字,就成了外派编制。不该嘲笑辽治啊!晃一满心悲苦。佐佐木的话出乎晃一意料:

"你那边没问题啊!"

"怎么没问题?"

佐佐木抱起胳膊说：

"是叫辽治，对吧？已经上班了吧？房贷也基本还清了吧？"

那幢独门宅院的房贷只剩三年了，这二十多年来，晃一一直在还债。佐佐木愁眉苦脸地说：

"我家孩子，大的上中学二年级，小的才上小学五年级。往后正是上学花钱的时候，工资要减三成啊！公立以外的学校已经上不起了，房贷也还有十年。现在想来，早点结婚买下公寓就好了。"

在这方面，晃一的压力确实小点，但他此时此地也没法提及无业的儿子。上了年纪是不是就意味着不管在哪里都不能轻易把事情说出口呢？晃一说：

"公司也真是净想美事了。从像咱们这种上市公司转职到中小企业，工资大都下降两成到三成。可留在这家公司的话，也得接受跟中小企业同样的薪酬。"

"混账！乘人之危！你听说吉田的事了吗？"

吉田年轻时是设计部的红人，斩获过多个建筑大奖，但因跟上司关系处得不好，在同期中算是晋升较晚的。

"那家伙早对公司断了念想，听说已经开始忙着跳槽了。哪家大公司都不招人了，但去中小企业那里打听打听，没想到招人的还挺多。即便在公司待下去，也绝不敢说高枕无忧啊。是领了退休补贴跑去下一家，还是留在公司等着大萧条过去呢？真伤脑筋啊！"

晃一也在心里唉声叹气。他的情况也一样。年过五十很难跳槽这一点，甚至不用想都想得到。晃一又想起那天早晨昏倒在门口的辽治。

"还有一点切勿忘记。就算留在公司，身份也变为外派职员了。核心业务不可能拿到手了，更要命的是，如果经济情况长期没有好转，下次就会直截了当地解雇，到那时候……"

佐佐木啪地一拍桌子，吓得远处桌上的年轻职员战战兢兢向这边偷看。

"明白得很！当然退休补贴也泡汤了！开玩笑！把我们当成什么啦？"

这种状况怨不得任何人。佐佐木和公司都没有罪责。经济萧条再持续两三年的话，不管怎么拼命裁员，公司也将难以为继。晃一看见倒地的儿子便骂他是败犬。其实，他是怀着上市企业正式员工的自负才这样说的，他们这帮玩命劳作过来的人，一不留神也成了败犬。

"川西，你很沉着嘛！今后怎么打算？"

晃一一时间无言以对，盯着窗外耀眼的商务街，好不容易开口说：

"不知道。我也正犯愁呢！"

此时，晃一脑中闪过一个念头，眼前这景色可能看不了多久了。

星期四就要进行个别面谈了。星期三晚上的饭桌上，辽治突然说：

"我去职介所看了看。"

"怎么样？"

"服务业的兼职工作好像有很多，大都是时薪八百块左右的工作。"

亚纪子担心地望着父子两人。

"真不得了啊，辽治的身体还没复原呢！"

晃一没理睬妻子，又问：

"直接雇用的正式员工呢？"

"那样的不太多，有也都是需要特别的资格或技术的工作。我是高中毕业，又一直在制造业的流水线上干，没手艺。"

晃一没了食欲。在刚焖好的饭上浇上茶水，就着超市的米糠酱菜喝了一小口。不管到什么岁数，他还是觉得这种东西最好吃，想来自己就是个便宜货。

"怎么吃东西啊，老公，没吃相！"

辽治几乎没伸手碰吃的。

"……前几天我在玄关昏倒过吧，当时听到老爸说的话了，不过舌头麻了没能应声。说的是败犬吧！"

亚纪子慌了神儿。妻子有性情温和的一面，但她忍受不了哪怕一丁点的对立情绪。

"那些话就别计较了，你爸说话刻薄，辽治也早就知道的，不是吗?"

辽治耷拉着脑袋,端坐桌前,俨然一个等待判决的罪人。

"当时我就明白了,我是个不折不扣的败犬。按老爸说的,上个差不多的大学,混进哪家大企业就好了。这世界上确实有安全又划算的活法,选择它们也不难,现在我才深刻意识到这些。我没有能力却净选险道走,结果就是这副模样。我是彻头彻尾的败犬。"

晃一想起被召集在最顶层会议厅里的骨干职员的每一张面孔。辽治是败犬的话,满脸不安地坐在那里的所有人都是败犬。佐佐木和自己当然也是同类。晃一放下碗筷,正视着儿子,自己也不知道要说什么,却突然开了口:

"你是败犬的话,那我也是。"

晃一慢慢把头垂到餐桌上,此时,他的心里有什么东西哗啦一下落了地。是这几天来,一直令他心烦意乱的问题的答案。不知是对是错,只是能够理解自己的选择了而已。

"他爸,出什么事了?"亚纪子不明所以地叫起来。

晃一没理她,接着说道:

"亚纪子、辽治都听好,我们公司开始大面积裁员了。要么者转职到子公司且工资大幅度削减,要么领取二十八个月工资额的退休补贴离开公司,要求二选一。也有待遇稍微不错的工作,但差事跟辽治打工的工厂一样。"

亚纪子呆若木鸡。

"他爸,有这种事?你有事总是一个人扛着,不跟任何人商量!"

"抱歉,可我就是这种人啊。"

"那爸爸有什么打算?"

辽治开始像小时候那样称呼父亲了。

晃一心意已决。

"我决定辞职离开公司。"

亚纪子僵住了,她把菜碗紧贴胸口叫起来:

"你说什么?"

晃一笑了,感觉一下子松了口气。这几天一直太紧张。这是要不要辞别效力了近三十年的公司的决断,当然会紧张。

"已经决定了,请谅解。即便留下来,以后也是个外派职员,跟辽治一样,老板一句话,明天不要你了,什么怨言都不敢有,而且也没好差事可做。说让外派职员负责录用应届毕业生什么的,全是鬼话!"

几天前晃一问过的同一个问题,这会儿辽治又问了一遍:

"那爸爸是怎么打算的呢?"

"退休补贴那部分可以把房贷还清,然后就得慢慢再找份工作了。跟你一起去职介所看看也不坏。"

辽治扑哧一声笑出来:

"爸爸去职介所?"

"啊,我也是败犬一年级嘛!"

工作肯定会有着落的，有维持夫妇两人生活的收入就好。不抱过高希望，也用不着拿自己跟一般人比。但辽治跟人生已过大半的自己不一样。

"辽治是怎么打算的呢？"

"不好说啊。干什么都行，找份工作挣钱。反正不能再赖在家里了。"

这样谈下去要麻烦。亚纪子瞧瞧丈夫，又瞅瞅儿子，像是网球比赛的观众。

晃一咬咬牙说道：

"这种事嘛……"

"怎么？"

"是不是该考虑认认真真地工作了？"

辽治噘起嘴：

"什么意思？我是高中毕业，这种时候根本没有被上市大企业半路录用的可能啊！"

面对工作这件事，每个人都是有自尊心的，常年从事招聘工作的晃一深知这一点，但此前始终没把它用到自己儿子身上。对儿子，他既有所期待，又放心不下，同时还爱意浓浓。他希望儿子做比自己更好的工作，娶个漂亮媳妇，生活得幸福美满。但美好愿望中生出的压力，把父子关系扭曲成现在这样。已经无法补救了吗？

"并不是这个意思。就算找到个相当不错的兼职，整天换来换去,不也会把青春年华消磨殆尽吗？辽治没有什么真心喜欢做的事吗？音乐和游戏就免了,不那么花哨,愿意无怨无悔地花上自己一生时间去做的工作——没有吗？"

晃一也很认真。询问别人的梦想本来几乎是与自己的意愿相违背的重大事件。这是什么时候开始的？任何人都能随随便便相互询问别人的梦想了。人生意义、工作、梦想,这可不是问卷调查上的一个项目那么简单,而是需要花费十年二十年光阴,深藏心底并不断暗暗为之努力的。哪怕只有指尖大小,只要是真正的梦想,就注定要费尽心力。

辽治不好意思似的低下头,从口袋里摸出手机,上面带着一个米黄色的皮制挂件。

"我想做个工匠。不再被别人命令,不再被时间追赶,只想尽情地按自己的节奏工作。瞧这块皮子,已经用了三年,变成这么漂亮的颜色了。"

晃一拿起放在饭桌上的皮链,上面用压模印刻有"RYOUJI"①字样。呈现出立体感效果的蔓藤花纹在名字周围浮凸起来,像是包围住了这些罗马字。尽管上面布满伤疤,却仍难掩其良好的质感与透明感。

"朋友那里正在招募工匠,但最初两年基本拿不到工资。因为那样没法生活,就放弃了。"

---

① RYOUJI："辽治"一词日语发音的罗马字拼写。

这孩子自出生以来就只知道放弃,这是时代的问题还是父母的原因呢?晃一不得而知。该让儿子学会选择,不要放弃了。

"去试试不好吗?"

"可是……"

"住在家里,一边打工一边学习,不是挺好吗?两年时间,转眼工夫就过去了!要是因此能找到一辈子的工作,很划算的。"

"老公……"

亚纪子已泣不成声。什么乱七八糟的啊!这也是更年期症状之一?让晃一吃惊不小的是,连辽治都眼泪汪汪的。

"怎么啦?像个小孩子。"

辽治面向天花板忍住泪水。

"我一直是爸爸的孩子嘛!可今天才第一次感觉这样真好。"

晃一心想:真奇怪啊,小饭桌对面坐着的儿子看似在轻轻摇晃。垂下眼看手中的手机挂件时,泪水跟着簌簌滴落。自己在掉眼泪吗?近四十年来,他一次也没哭过。晃一的泪中带笑:

"你到底多大了?"

辽治同样又哭又笑:

"二十三。"

"是啊,二十三年了,一次也没觉得我儿子有多好啊。"

儿子已经只顾点头了,亚纪子在用围裙的下摆擦拭眼泪:

"来,一起干一杯吧!年底的葡萄酒还没喝完,想留在庆祝什么的时候喝呢!"

晃一感觉很不可思议。为什么一家三口都在羞答答地掉眼泪呢?

"到底要庆祝什么?"

辽治反击道:

"庆祝爸爸被裁员,三十年来辛苦啦!"

亚纪子到厨房拿葡萄酒去了。是啊,三十年了,晃一回顾着自己的三十年。这期间他跟亚纪子结婚,接着辽治出生,他工作积极努力,却难有出头之日。公司里既有精明之人,也不乏愚钝之辈。至于说他自己算哪类,应该是后者吧。这期间反复有几次经济浪潮的起落,危机来来去去。百年一遇的危机到底是什么呢?无论什么样的波澜,总有平息的一天。普通民众只要将头探出水面,深吸一口气忍耐住就好。这次也一定能战胜它!

明天一大早,公司开始个别面谈了。该如何告知人事部部长平本自己的去意呢?晃一听着葡萄酒杯欢快的声响,构思起开场白来。

后　记

　　收录在此的十二个短篇，半数以上是直接从当事人那里听来后加工创作为小说的。或在赴约路上的出租车里，或在电视台的播音室内，或在举行签售会的书店之中……作家毫无预期之时，创作素材就摆到了面前。大家并没想过这些素材将留芳于世，才会把自己如此精彩的人生故事托付给匆匆路过的陌生作家吧？好大的度量！在此向提供素材的诸位表达真诚的谢意！

　　本书中既没有拯救地球危机的孤胆英雄，也不见因悲剧恋情而伤心欲绝的女主人公，只有日复一日为生存而努力挣扎的真实人物。凝眸观看眼前发生的一切，将它原原本本记录清楚，这是作家诸多工作中极为重要、极为优先的事务之一。

　　跟多数人看到同样的事物，感受到同样的痛苦，这才是对一个作家而言最可信赖的能力。本书历时三年的连载过程中，爆发了世界性的金融危机。由此，围绕工作与雇用的作品多起来，但对我来说却极为自然。时代坡道的倾斜角度越来越陡，不知不觉中，悬崖绝壁已耸立面前。每个人都需要张开手脚想尽办法攀牢这斜面，否则就会像坐滑梯似的滚落到没有安全网的深渊中去。这样的时代已经悄然而至。

然而，让我们回想一下经济泡沫破灭后的二十年，经济萧条、通货紧缩、日元升值，这些难关都闯了过来。这次肯定也会转危为安。几年后，这本《再生》被编成文库本的时候，笑着感怀昔日新闻的日子一定会到来吧。那时候翻开这本短篇集，请记起那些在世界一隅有着与自己同样烦恼、同样苦闷，却始终努力拼搏、从不放弃自己的人吧。

不知道未来会怎样，但我相信我的同胞们过去与现在的力量。既不自估过高，也不自信过剩，我们这数十年来所成就的是世界文明史上令人瞩目的奇迹。不灰心，不放弃，要坚持不懈地在这个缓缓升起的坡道上奔跑下去！

在此，向三年里的长期马拉松陪跑员道声感谢！感谢《野性时代》编辑部松崎夕里女士，对每次都拖延交稿的我给予了极大的忍耐。角川书店第一编辑部山田刚史先生不知何时换了名片上的社名，今后也请多多关照。最后也向十多年来始终支持着一直在缩小的书的世界的相关人员表示感谢！没有等不来黎明的长夜，也没有看不到结局的小说。终有一天，大家会兴高采烈地迎来那一刻，让我们坚定不移地壮大爱书人的队伍吧！

2009 年 樱花盛开的四月的第一个周五傍晚

石田衣良